Armin A. Alexander

Der junge Nachbar

AF236531

Armin A. Alexander

Der junge Nachbar

Erzählungen

Bibliografische Information der Deutschen Nationalbibliothek

Die Deutsche Nationalbibliothek verzeichnet diese Publikation in der Deutschen Nationalbibliografie; detaillierte bibliografische Daten sind im Internet über http://dnb.d-nb.de abrufbar

1. Auflage Mai 2020

Umschlag, Umschlagfoto und Satz:

Armin A. Alexander

Gesetzt aus der Libertinus Serif 11,5/15 pt (Scribus SVN, Linux)

Herstellung und Verlag:

BoD – Books on Demand, Norderstedt

ISBN: 978-3-7519-2385-9

http://blog.arminaugustalexander.de

Der junge Nachbar

1.

Die Abenddämmerung zog herauf. Die Sonne schickte sich an, als große tiefrote Scheibe hinter dem Horizont zu versinken. Die frühsommerlich warme Luft war erfüllt vom Balzgesang der Vögel. Eine adäquate Kulisse für das, was an diesem Abend geschehen sollte.

Es war das vierte Mal, daß Barbara ihr Wohnzimmer, das auf einen kleinen, idyllischen Hinterhof hinaussah, zur Bühne einer exklusiven Vorstellung für einen besonderen Zuschauer machte. Sie hielt es durchaus für möglich, daß dieser tatsächlich noch nicht bemerkt haben könnte, oder – zumindest vorerst – nicht bemerken wollte, daß die Inszenierung für ihn allein geschah. Würde er jedoch in absehbarer Zeit keine wie immer geartete Reaktion zeigen, befürchtete sie, die Lust zu verlieren, diese kleinen Darbietungen fortzusetzen, die ihr soviel Freude bereiteten.

Sie erinnerte sich nur noch ungefähr daran, wann ihr der nette junge Mann von gegenüber zum ersten Mal bewußt aufgefallen war. Wie oft mochte er sie schon abends von seinem dunklen Zimmer aus hinter der Gardine stehend beobachtet haben?

Eines Abends, sie bewegte sich wie meist leicht bekleidet in der Wohnung, warf sie zufällig einen Blick aus dem Fenster in den Hof hinunter. Dabei sah sie, wie sich die Gardine in der Wohnung gegenüber auf eine Weise bewegte, deren Ursache nur im plötzlichen und wahrscheinlich schamvollen Zurückziehen einer Person liegen konnte, die sich entdeckt glaubte.

Sie mußte schmunzeln. Hätte der ›Voyeur‹ gewußt, es mit einer passionierten Exhibitionistin zu tun zu haben, die diesen nicht nur mit vergnüglicher Selbstverliebtheit betrieb, sondern die das Wissen, ›heimlich‹ beobachtet zu werden, sexuell erregen konnte, insbesondere, wenn der ›Voyeur‹ dabei sexuell erregt wurde und am besten noch bei ihrem Anblick onanierte, hätte er seinen Beobachtungsstandort wahrscheinlich nicht verlassen. Sie hätte sich nicht nur verhalten, als wäre ihr gar nicht aufgefallen, wie er sie ›verstohlen‹ beobachtete, sondern hätte ihm erst recht etwas, absolut nicht jugendfreies geboten.

Sie trat vom Fenster zurück, als hätte sie nichts bemerkt, und wartete darauf, daß der ›Voyeur‹ von gegenüber seinen ›Beobachtungsposten‹ wieder einnahm. Doch nichts geschah, zumindest entdeckte sie nichts, was darauf schließen ließ. Er traute sich vermutlich aus Angst vor Entdeckung nicht, was sie auf eigentümliche Weise berührte.

Am darauffolgenden Tag versuchte sie herauszufinden, wer ihr ›Voyeur‹ war. Bisher hatte sie sich kaum dafür interessiert, wer im Haus gegenüber auf der Höhe ihrer Wohnung lebte. Sie war durchaus angenehm überrascht, als sie feststellte, daß es der nette junge Mann war, der ihr stets etwas schüchtern auf der Straße nachschaute, begegneten sie sich dort. Bei schüchternen jungen Männern verspürte sie manchmal ein beinahe mütterliches Bedürfnis, sie an die Hand zu nehmen und von dieser zu befreien, wenn es sein mußte auch und am liebsten auf unkonventionelle Weise.

Verwunderlich war es nicht, wurde ihr nachgeschaut. Durch ihre extravagante Art sich zu kleiden – vorwiegend elegante maßgefertigte körperbetonte Lederbekleidung, zudem war sie groß gewachsen – zog sie nicht nur die Blicke der Männer auf sich. Ihr Faible für hohe Absätze ließen ihre ohnehin langen Beine noch etwas länger und sie selbst noch etwas größer erscheinen. Sie genoß diese teils offenen, aber leider allzu oft verstohlenen Blicke sehr, stellten diese selbst für eine attraktive feminin üppige Fünfzigerin ein besonderes Kompliment dar. Sie haderte nicht mit ihrem Alter, wie es viele taten. Sie akzeptierte es. Abgesehen davon war sie überzeugt, daß der Sex in ihrem Leben noch nie so gut war wie derzeit und lustvoller, erfüllter Sex kein Vorrecht von Leuten unter fünfzig darstellte. Allerdings hatte sie schon immer gerne und reichlich Sex gehabt, ihn meist als gut empfunden und die Erfahrung gemacht, daß eine Frau, die gerne Sex hat, auch relativ problemlos einen Partner findet, weil sie grundsätzlich verführerisch wirkt und letztlich mehr hielt als sie versprach. Sex gehört zu den wenigen Vergnügungen, die kostenlos sind und von denen, je öfter man sie ausübt, desto mehr hat.

Einige Tage nachdem sie herausgefunden hatte, wer sie an jenem Abend beobachtet hatte, beschloß sie, ihm wirklich etwas zu bieten. Sie illuminierte das Wohnzimmer wie eine Bühne, so daß nur der wesentliche Bereich ausgeleuchtet war – ein bequemer dunkelblauer Ledersessel, den sie so positionierte, daß sie im Halbprofil zum Fenster saß, daneben ein Tischchen zur Ablage von Dingen, die griffbereit sein sollten – das übrige jedoch ins schemenhaft Dunkle fiel. Da die Wohnzimmerfenster fast bis zum Fußboden reichten, ermöglichten sie dem netten jungen Mann einen großzügigen Einblick.

Sie schloß das Risiko natürlich nicht aus, daß er sich aufgrund der beinahe erfolgten Entdeckung durch sie an jenem Abend nicht mehr traute, heimlich hinter der Gardine zu stehen und sie zu beobachten. Andererseits war ihrer Ansicht nach ausreichend Zeit verstrichen, damit er sich wieder fangen konnte. Dessen ungeachtet war sie überzeugt, daß die Faszination, die sie auf ihn ausübte, seine Scheu vor einer erneuten Entdeckung überwinden würde.

Am Abend der ersten Inszenierung betrat sie in einem schwarzseidenen Kimono, der kaum ihren festen Po bedeckte und Pantoletten aus schwarzem Lack mit beinahe turmhohen Absätzen die ›Bühne‹. Sie stellte das Fläschchen mit dem Nagellack, mit dem sie vor einer halben Stunde die Zehennägel lackiert hatte, auf das Tischchen, setzte sich und schlug die Beine mit damenhafter Eleganz übereinander. Sie schraubte das Fläschchen auf und begann die halblangen Fingernägel sorgfältig in ihrem bevorzugten, dunklen Rot zu lackieren. Dabei warf sie immer wieder aus den Augenwinkeln heraus einen Blick zum Fenster, ob sich die Gardine in der Wohnung gegenüber auf eine Weise bewegte, die vermuten ließ, daß sie von dort aus beobachtet wurde. Doch die Gardine bewegte sich nicht, was sie vorerst nicht entmutigte.

Sie war mit den Nägeln der linken Hand fast fertig, als sie eine leichte, doch eindeutig verräterische Bewegung der Gardine vorm Fenster gegenüber beobachtete.

Sie atmete erleichtert auf. Sie hatte sich nicht in ihm getäuscht. Ihre Inszenierung würde nicht ins Leere laufen.

Nachdem die Nägel der Linken getrocknet waren, widmete sie sich dem Lackieren der Nägel der Rechten, was etwas länger dauerte, wie bei vielen Rechtshänderinnen. Als diese ebenfalls getrocknet waren, verließ sie für einen Augenblick das Zimmer, wobei sie versuchte, die Hüften scheinbar selbstversunken und zugleich so verführerisch wie möglich zu wiegen.

Nur wenige Augenblicke später – sie hatte alles Wesentliche auf dem niedrigen Schrank im Flur bereitgelegt – erschien sie wieder im Zimmer mit hauchzarten, schwarzen, echten Nahtnylons und einem schwarzen Hüfthalter im 1950er Jahre-Stil.

Sie liebte diese vermeintlich altmodischen Hüfthalter. Sie saßen nicht nur bequemer als die schmalen ›modernen‹, sondern machten auch im Wortsinn eine gute Figur. Zwei mittlerweile erwachsene Kinder, die nicht mehr bei ihr wohnten, hatten ihre, wenn auch vernachlässigbaren Spuren am Bauch hinterlassen. Dafür waren ihre Brüste trotz ihrer Üppigkeit noch beinahe jugendlich fest und auch auf ihren Schenkeln zeigte sich nur wenig Zellulitis.

Sie legte die Nylons und den Strumpfhalter auf die linke Armlehne des Sessels ab, stellte sich mit dem Rücken zum Fenster, um ihm einen besonderen Körperschmuck zu zeigen. Sie war der Meinung, daß er ihre schönsten Seiten gleich zu Anfang sehen sollte.

Sie öffnete den Kimono und ließ ihn langsam über die runden Schultern nach hinten gleiten. Anfangs verbarg noch ihr langes, schweres blondes, wenn auch altersbedingt mittlerweile getöntes Haar, was sie ihm zeigen wollte, doch je weiter der Kimono nach unten glitt, desto mehr wurde von der kunstvollen, mehrfarbigen Tätowierung sichtbar, die den gesamten Rücken zierte und in der Pofalte auslief. Abstrakte Muster waren mit scheinbar figurativen verwoben. Es war ein Entwurf, den sie gemeinsam mit einer Freundin, einer renommierten Künstlerin, vor über fünfzehn Jahren entwickelt hatte. Sie hatte sie sich zu ihrem fünfunddreißigsten Geburtstag geschenkt und es hatte fast drei Jahre gedauert, bis sie ihren Vorstellungen in allen Einzelheiten entsprochen hatte.

Der Kimono glitt zu Boden und blieb zu ihren Füßen liegen.

Sie fuhr mit den Händen durchs Haar, hob es hoch, als wollte sie es lockern, doch wollte sie ihm nur die Gelegenheit geben, die Tätowierung in ihrer ganzen Schönheit zu genießen.

Die Vorstellung, daß er jetzt mit vor Staunen offenem Mund hinter seiner Gardine stand und ihre Rückentätowierung bewunderte, amüsierte sie auch etwas. Das stellte sicherlich für ihn einiges auf den Kopf. So schön und sexuell durchaus erregend solche Spekulationen auch sein mochten – ihrer Meinung nach konnte eine Frau, die überwiegend in Leder gekleidet war, gar nicht anders, als die erotische Fantasie eines Mannes anregen, da Leder schließlich eine deutliche sexuelle Konnotation besaß und kaum von prüden Frauchen getragen wurde und somit war es überhaupt die Frage, ob jemanden ihre aufwendige Tätowierung tatsächlich überraschen konnte, oder ob es nicht beinahe erwartet wurde – blieb es Mutmaßung.

Sie ließ die blonden Locken langsam über die Schultern zurückgleiten. Sie beugte sich vor, streckte ihm dabei ihren, für manchen etwas zu üppigen Po entgegen, und nahm den Hüfthalter vom Sessel.

Erst als sie ihn trug, wandte sie sich wieder um. Er reichte ihr bis etwa drei Fingerbreit unter die Brüste. Ihr Bauch wirkte nun, als sei er in seiner sinnlichen Wölbung nie anders als jugendlich straff gewesen. Selbstverliebt strich sie sich mit beiden Händen über die breiten Hüften. Sie hatte das rechte Bein vorgeschoben und das Gewicht auf das linke verlagert. Somit bot sie ihm nicht nur einen ungehinderten Blick auf ihre nackten Brüste, sondern auch auf ihre frisch rasierte Scham, aus der die inneren Schamlippen vorwitzig herausschauten.

Sie setzte sich wieder im Halbprofil zum Fenster und begann die Nahtnylons über die langen Beine mit den schmalen Fesseln und den muskulösen Schenkeln zu streifen.

Sie ließ sich Zeit, brachte zuerst die Ferse in die richtige Position, bevor sie langsam den Strumpf an ihrem Bein hinaufstreifte, dabei mit den Fingern fühlend, ob die Naht auch gerade verlief. Sie befestigte den Strumpfsaum an den Klipps des Hüfthalters, drei auf jeder Seite. Dann streckte sie das Bein aus und strich zärtlich und selbstverliebt den Strumpf mit beiden Händen glatt, wie es ein Liebhaber bei einem so schönen, zartbestrumpften Frauenbein machen würde und genoß das Gefühl des zarten Stoffs an den Fingerspitzen, bevor sie mit dem anderen Strumpf ebenso verfuhr.

In der Regel zog sie ihre Nylons zügig an. Doch bei einem Zuschauer zelebrierte sie es regelrecht. Dabei hatte sie mitunter das Gefühl, daß sie sich nicht mehr selbst berührte, sondern es die zärtlichen Finger ihres Zuschauers waren.

Kaum umschmiegten die Nylons zu ihrer Zufriedenheit ihre Beine, erhob sie sich mit einer fließenden Bewegung, schlüpfte wieder in ihre Lackpantoletten, warf den Kimono betont leger über und verließ erneut das Zimmer, um nur wenig später mit einem kurzen schwarzen Lederrock, einer cremefarbenen Seidenbluse und zehenfreien High-Heels aus schwarzem Lackleder über dem linken Arm und in der rechten Hand zurückzukehren – auch diese Sachen hatte sie bereits auf dem Schränkchen im Flur zurechtgelegt.

Diesmal zog sie den Kimono ohne begleitendes Gewese aus und legte ihn beinahe achtlos auf dem Sessel ab. Sie zog die Bluse über und knöpfte sie langsam von unten nach oben zu, damit er möglichst lange ihre nackten Brüste betrachten konnte, wobei sie die Bluse lediglich so weit schloß, daß ihre Nippel bedeckt waren, die sich, durch die Situation leicht steif geworden, auf betörende Weise durch den weichen Stoff hindurchmodellierten. Anschließend zog sie einen maßgeschneiderten schwarzen ungefütterten Lederrock an, dessen Saum kaum eine handbreit über die Säume ihrer Nylons reichte und schlüpfte in die zehenfreien Lack-High-Heels. Ihre maßgeschneiderte Lederbekleidung war überwiegend ungefüttert, als bekennende Fetischistin *brauchte* sie schließlich das Gefühl des Leders auf der Haut.

Als sie sich leicht breitbeinig für ihren ›Voyeur‹ in Positur stellte, damit er möglichst viel von ihren Beinen sehen konnte, wobei der Rocksaum, ohne daß sie etwas dazutat, soweit nach oben rutschte, daß der Saum ihrer Nahtnylons sichtbar wurde, mußte sie leicht schmunzeln.

›Fick-mich-Röcke‹ bezeichnete ihre beste und älteste Freundin Ursula Röcke ab einer bestimmten Kürze. Womit sie gar nicht so falsch lag, wie sie offen zugab. Sie trug diese Röcke fast nur zu ›speziellen‹ Gelegenheiten. Ihre Freundin hielt es übrigens nicht anders, darum war diese Bezeichnung auch liebevoll und nicht abwertend gemeint. Es war für beide schließlich immer wieder ein Erlebnis zu erfahren, wie Männern bei diesem Anblick die Hosen zu eng wurden und welche Wirkung sie damit auch in ihrem Alter noch erzielen konnten. Aber letztlich war das Alter doch nur eine Zahl und Lebensfreude kein Vorrecht der Jugend, schließlich konnte man Sexualität bis ins hohe Alter genußvoll betreiben und sollte es sogar, außer es kam einem etwas Schwerwiegendes dazwischen, doch so etwas konnte sich in jedem Alter ereignen.

Sie fand, daß sie damit ihrem ›Voyeur‹ für diesen Abend genug geboten hatte. Sie löschte das Licht, als sei sie nun bereit zum Ausgehen. Sie blieb jedoch solange im Türrahmen stehen, bis sich ihre Augen an die Dunkelheit gewöhnt hatten. Dann schlich sie auf Zehenspitzen zum Fenster, obwohl es ihm selbstverständlich unmöglich war, ihre Schritte von seiner Wohnung aus zu hören, um zu sehen, was der junge Mann nun tat, ob er noch hinter der Gardine stand, weil er hoffte, daß sie noch einmal ins Zimmer zurückkehrte.

Sie schaute angestrengt zur Wohnung gegenüber. Sie glaubte zu erkennen, daß die Gardine sich leicht bewegte. Stand er noch dahinter oder hatte er sich bereits zurückgezogen? Sie konnte aber nichts erkennen. Innerlich angespannt und leicht den Atem anhaltend, damit sie nicht unwillkürlich ihre Gardine verräterisch bewegte und er somit nicht auf den Gedanken kam, daß *er* nun beobachtet wurde, wartete sie ab. Über die Erkenntnis, daß nun sie sich wie ein Voyeur verhielt, mußte sie innerlich amüsiert auflachen. Aber so abwegig war es nicht, auch sie besaß schließlich einen deutlichen Hang zum Voyeurismus. Aber dennoch war es nicht gut, wurde sie unvorsichtig. Der nette junge Mann durfte nicht – zumindest noch nicht – wissen, daß sie wußte, daß er sie beobachtete. Er würde es sicherlich falsch interpretieren.

Die Zeit zog sich scheinbar endlos hin. Jede Minute erschien ihr, als wären es in Wahrheit mindestens fünf. Sie wollte sich schon zurückziehen, da sah sie, wie die Stehlampe, die neben seiner Couch stand, aufflammte. Seine Gardine ließ im Gegensatz zu ihrer, die mehr ein hauchzarter Schleier war und nicht wirklichen Blickschutz bot, mehr Schemen sehen als tatsächlich etwas erkennen. Mit ein Grund, warum es so lange gedauert hatte, bis sie bemerkt hatte, wie er sie beobachtete.

Täuschte sie sich etwa? Nein, die Bewegungen seines Körpers waren eindeutig. Er onanierte. Ihr Herz schlug leicht schneller und sie spürte aufkommende Feuchte im Schoß. Ihr gefiel es, benutzte ein Mann, den sie ansprechend fand oder auch anonyme Männer sie als ›Wichsvorlage‹, weshalb sie in einem internationalen Fetischistenforum, in dem sie als Exhibitionistin angemeldet war, regelmäßig eindeutige Fotos einstellte, ohne daß ihr Gesicht darauf zu erkennen war und sich über die angefügten Kommentare entweder freute oder amüsierte und das erregende Kribbeln genoß, das das Wissen darum, wie andere durch das Betrachten der Fotos sexuell stimuliert wurden, bei ihr verursachte. Abgesehen davon hatte sie ja schließlich alles getan, um den netten jungen Mann ›anzuheizen‹. Sie wäre im Gegenteil weitaus überraschter, onanierte er nun nicht.

Sie blieb auf ihrem Beobachtungsposten, bis er offenbar unter einem lustvollen Aufstöhnen sein Sperma verspritzte, während er ihr Bild vor Augen hatte, wobei ihr unwillkürlich ein lustvoller Seufzer entfuhr. Bereits als Pubertierende hatte es ihr ein besonders lustvolles Gefühl bereitet, zu sehen, wie ein Mann ejakulierte. Sie fand ein heftiges, weites Herausspritzen genauso reizvoll wie ein leises Herausquellen.

Sie wartete noch einen Moment ab, bevor sie sich vom Fenster zurückzog.

Hoffentlich hatte Michael heute abend noch nichts vor. Sie wollte es dem netten jungen Mann nicht nachtun, obwohl sie grundsätzlich gerne und oft onanierte. Onanieren war für sie alles andere als ein ›Ersatz‹ für partnerschaftlichen Sex, sondern eine eigenständige Weise, Sexualität zu leben. Aber zu zweit war es meist irgendwie doch schöner. Außerdem wollte sie sich nicht nur vorstellen, wie ein Mann ihretwegen ejakulierte und Michael ejakulierte wirklich schön.

Zum Glück besaß er Zeit. Aber wann besaß er keine Zeit, schlug sie ihm eine hübsche ›kleine‹ Vögelei vor, aus der stets eine größere wurde? Er war darin wundervoll unkompliziert und besaß seine unbestreitbaren Qualitäten als Liebhaber. Er stellte keine Fragen und sagte auch nichts, hörte er wochenlang nichts von ihr. Mitunter beschlich sie ein Anflug von schlechtem Gewissen, daß sie sich nur bei ihm meldete, hatte sie Lust zu vögeln. Allerdings war auch nicht mehr zwischen ihnen, dafür unterschieden sich ihre weitergehenden sexuellen Präferenzen doch zu sehr voneinander, sie teilten lediglich den Fetischismus miteinander, obwohl er immer noch haltlos in sie verliebt war.

Selbstverständlich vögelte sie mit ihm in der Aufmachung, in der sie sich dem netten jungen Mann präsentiert hatte. Beim Sex nackt zu sein, hatte sie bereits in der Pubertät als äußerst langweilig empfunden. Nacktheit war der natürliche Zustand und daher für sie an sich kaum erotisch.

Sie verließ ihn erst in den frühen Morgenstunden mit einem Gefühl leichten Wundsein im Schritt. Er war wirklich sehr ausdauernd, ein fünfzehn Jahre jüngerer Mann besaß seine Vorteile, was nicht hieß, daß ein Mann ihres Alters pauschal altersbedingte Probleme mit der Ausdauer haben mußte, wie sie schon mehrfach erfahren hatte.

2.

Stets variierte sie den Ablauf, wenn sie sich für ihren netten jungen Mann in Szene setzte. Beim vorerst letzten Mal zog sie ein Überbrustkorsett aus schwarzem Leder an und wandte ihm den Rücken zu, während sie sich gemächlich schnürte. Ihr Körper hatte sich durch häufiges Tragen derart an Korsetts gewöhnt, daß sie problemlos die Taille relativ stark schnüren konnte, was mitunter leichtes Erstaunen bei anderen auslöste. Zum einen liebte sie den gleichmäßigen Druck, den das Korsett auf ihren Körper ausübte und sie zu einer aufrechten Haltung ›zwang‹, und zum anderen, daß es ihre Brüste noch um einiges üppiger erscheinen ließen, als sie ohnehin schon waren. Und der Sex in einem Korsett war noch einmal etwas ganz Besonderes.

Sie spürte allerdings auch, daß sie dieses Spiel von Mal zu Mal weniger reizte. Der nette junge Mann verhielt sich in ihren Augen leider viel zu passiv, wenn er ihr auch immer noch so gebannt wie am ersten Abend zusah und anschließend onanierte, während sie ihrerseits hinter der Gardine stand und ihm dabei zusah. Aber auch Michael profitierte von ihrer Inszenierung. Wenigstens stellte er keine Fragen, warum sie innerhalb von kaum zwei Wochen fünfmal zum Vögeln bei ihm war und sich jedesmal verhielt, als hätte sie seit Monaten keinen Sex mehr gehabt und würde voraussichtlich auch für Monate keinen mehr haben.

Der nette junge Mann beherrschte vielleicht auch deswegen immer mehr ihre Gedanken. Warum tat er weiterhin, als bemerke er nicht, daß sie alles nur für ihn inszenierte? So naiv konnte er doch gar nicht sein. Seither waren sie sich mehrmals auf der Straße begegnet. Sie hatte ihn sogar vertrauensvoll angelächelt. Daß er beim ersten Mal etwas verschämt ihrem Blick auswich, konnte sie ja noch verstehen, aber daß er es jedes Mal tat, irritierte sie durchaus. Sollte sie ihn einfach ansprechen und ihm auf den Kopf zu sagen, daß sie nicht nur wußte, wie er sie beobachtete, sondern sie es absichtlich für inszenierte und sie es freute, daß es ihn erregte? Sie entschied sich dagegen. Sie fürchtete, daß sie damit nur das Gegenteil erreichte.

So oder so, es mußte etwas geschehen. Sie wußte nur noch nicht, was.

Aber auch hier half ihr erneut der Zufall weiter.

Einige Tage nach der letzten Inszenierung – sie hatte beschlossen, für ihn vorerst keine weiteren zu veranstalten – konnte sie beobachten, wie er Besuch von einer jungen Frau bekam, denn seine Gardine war beiseite gezogen. Sie war Anfang zwanzig, hübsch, mit einer Figur, die weitgehend dem herrschenden Schönheitsideal entsprach. Was sie miteinander machten, wäre nicht nur für Barbara eindeutig gewesen und nicht nur, weil sie eine Reitgerte in der Hand hielt und er zu ihren Füßen kniete. Sie sah sexy in ihrem braunen Ledermini, dem knappen Oberteil und den kniehohen hochhackigen Stiefeln aus braunem Leder aus.

Sie blickte zu ihm hinunter, redete ihn scheinbar streng an, gestikulierte mit der Gerte, schien auch bereit zu sein, ihn zu schlagen, sollte er sich ihren Anweisungen widersetzen.

Doch je länger sie die beiden beobachtete, desto mehr verstärkte sich für sie der Eindruck, daß sie alles nur ihm zuliebe tat, obwohl sie sich sicher auf den hohen Absätzen bewegte und sie Ledermini und Stiefel offensichtlich gerne und häufig trug, besaß es für sie allzusehr etwas von Maskerade. Ihre Gesten waren zu linkisch, zu klischeehaft, um überzeugend zu wirken. So hatte sie sich nicht einmal verhalten, als sie im Alter der jungen Frau ihre dominanten Neigungen entdeckte und versuchte, es ihrem ersten, weitaus erfahrenen Sub, recht zu machen, um nicht wie eine Anfängerin zu wirken, wodurch sie natürlich das Gegenteil erreicht hatte. Aber er war geduldig gewesen und somit wurde es doch noch ein sehr schönes Erlebnis für beide.

Sie schüttelte unwillkürlich den Kopf. Nein, das würde nie etwas mit der jungen Frau, wenn überhaupt vorhanden, waren ihre dominanten Neigungen derart schwach entwickelt, daß viel Geduld aufgebracht werden mußte, diese an die Oberfläche zu bringen.

Er sah das wohl auch ein. Schließlich gab er sichtlich enerviert seine unterwürfige Haltung auf, obwohl er noch immer vor ihr kniete und geduldig auf sie einredete.

Die junge Frau begann nun ihrerseits heftiger zu gestikulieren, die Reitgerte noch immer in der Rechten haltend, jetzt jedoch herabhängend wie ein Fremdkörper. Er versuchte weiterhin ruhig und sachlich zu bleiben. Sie warf schließlich sichtlich verärgert die Reitgerte auf das leicht abgenutzte Sofa. Er stand auf, versuchte sie zu beschwichtigen und zugleich zärtlich zu umarmen, doch sie setzte alles daran, sich ihm zu entziehen, nicht wirklich heftig, um ihn nicht allzusehr zu kränken, aber doch entschlossen genug. Dann zog sie ihren Rock bis zur Taille hoch, sie trug nichts darunter, und präsentierte ihm sichtlich einladend ihr Geschlecht. Es gehörte nicht viel Fantasie dazu, um von ihren Lippen ein ›Fick mich lieber‹ abzulesen, worauf er nur traurig den Kopf schüttelte, denn es genügte ihm offensichtlich nicht.

Sie zog von einem langgezogenen Seufzer begleitet den Rock weiter hinunter, nahm einen kurzen Mantel, der wohl über einem Stuhl außerhalb von Barbaras Sichtfeld lag, und zog ihn über. Sie warf ihm noch einen bedauernden, durchaus versöhnlich gemeinten Blick zu, und verließ ihn dann. Er blieb wie ein begossener Pudel zurück.

Barbara zog sich schnell zurück, denn er blickte in ihre Richtung. Ob er es bewußt tat und überhaupt wahrgenommen hatte, daß sie ihn beobachtet hatte, konnte sie nicht erkennen. Trotzdem ließ sie lieber Vorsicht walten.

Er tat ihr leid. Während der kurzen Szene hatte sie den Eindruck gewonnen, daß er wahrscheinlich noch nie mit einer wirklich dominanten Frau zusammen war.

Im nächsten Moment hatte sie auch die Lösung für ihr ›Problem‹. Kommt der Prophet nicht zum Berg, muß der Berg halt zu Propheten, oder so ähnlich. Sie würde ihm schon zeigen, wie es ist, mit einer erfahrenen dominanten Frau eine Session zu haben – abgesehen davon, sollten Spanner unbedingt ihre gerechte ›Strafe‹ erhalten, besonders wenn sie sich beharrlich weigern zu erkennen, daß alles nur für sie allein geschieht.

3.

Sie ließ einige Tage verstreichen, um dem netten jungen Mann zu ermöglichen, über den Kummer mit seiner Freundin hinwegzukommen, möglicherweise renkte es sich zwischen ihnen auch wieder ein – wenn es ihr auch nicht als sehr wahrscheinlich erschien – bevor sie ihm einen Besuch abstattete, den er so schnell nicht vergessen würde.

Sie zog sich im Schlafzimmer um. Sie wollte jedes Risiko vermeiden, daß er es mitbekam, schließlich sollte es eine Überraschung für ihn sein.

Während sie sich im Bad die vollen weichen Lippen mit einem tiefroten Lippenstift schminkte, fiel ihr Blick auf eine Schachtel Kondome im kleinen Regal neben dem Spiegel. Eigentlich wollte sie ihm vorerst ›nur‹ eine Lektion erteilen. Andererseits sollte man(n) – und selbstverständlich auch frau – für jede Eventualität ›gerüstet‹ sein. Darüber hinaus war es für sie von besonderem Reiz, mit einem Mann zu vögeln, der im Alter ihrer ältesten Tochter war, abgesehen davon, ließ sie nur selten eine Möglichkeit zum Sex mit einem Mann aus, der ihr sympathisch war, außerdem gab es viele junge Männer, die nur zu gerne mit einer Frau ihres Alters Sex hatten. Folglich nahm sie drei Kondome aus der Schachtel und steckte sie ein.

Sie verließ beschwingt und in Vorfreude das Haus. Zum Glück war es ein eher trüber und regnerischer Tag und nicht so sonnig wie die vergangenen. So fielen ihr schwarzer Ledermantel, die hochhackigen, enganliegenden Stiefel aus handschuhweichem Leder und die ihre schönen Hände wie eine zweite Haut umschließenden Lederhandschuhe nicht weiter auf. Zumindest würde es ihn nicht vom ersten Moment an stutzig machen.

Sie strich sich eine Strähne ihres betont lässig frisierten Haares aus der Stirn, das der leichte Wind dorthin geweht hatte, bevor sie auf seinen Klingelknopf drückte.

Es dauerte etwas, bis ihr geöffnet wurde. Hätte sie ihn nicht noch wenige Minuten zuvor von ihrem Fenster aus in seiner Wohnung gesehen, sie hätte angenommen, er sei nicht zu Hause.

Sie drückte entschlossen und unternehmungslustig die Haustür auf und ging ebenso entschlossen und unternehmungslustig die Treppe hinauf.

Er öffnete gerade die Wohnungstür, als sie seine Etage erreichte. Er blickte sie staunend an, kaum daß er sie erkannt hatte. In seinem Inneren mußten die Gedanken Karussell fahren, das schlechte Gewissen war ihm nur zu deutlich anzusehen.

Sie betrachtete ihn leicht abschätzig von oben herab, was ihr auch physisch nicht schwerfiel, überragte sie ihn durch ihre hohen Absätze doch um gut einen halben Kopf, zudem wirkte er leicht in sich zusammengesunken. Unter ihrem strengen Blick wurde er noch etwas kleiner.

»Du gestattest«, meinte sie lapidar und wollte ihn schon beiseite schieben, doch allein ihre Geste genügte, daß er sie in den kleinen Flur seiner Wohnung treten ließ.

»Du schließt besser die Tür, es sei denn, du möchtest, daß deine Nachbarn mitbekommen, was ich dir zu sagen habe«, fuhr sie mit durchaus liebenswürdiger Strenge fort.

Die Verwirrung, mit der er sie ansah, amüsierte sie leicht, aber sie war erfahrenen genug, um problemlos Ernst zu bleiben.

»Echte Dominanz muß aus einem tiefen inneren Bedürfnis herauskommen und das ist bei dir eindeutig der Fall, darum kann ich mich dir auch vorbehaltlos unterwerfen«, war ihr mehr als einmal von erfahrenen Subs attestiert worden.

Es war nicht zu übersehen, daß ihm das Herz langsam aber sicher in die Hosentasche rutschte. Ihm schienen wieder alle seine Sünden einzufallen, auch die, die er nie begangen hatte.

Fahrig und leicht verängstigt schloß er die Wohnungstür hinter ihr. Dabei glitt ihm um ein Haar die Klinke aus der Hand und die Tür wäre als Folge eines Luftzuges, der in diesem Moment durchs Treppenhaus wehte, mit einem lauten Knall ins Schloß gefallen.

Ihr Auftreten ließ für ihn keinen Zweifel zu, daß sie wußte, wie er sie gelegentlich von seinem Fenster aus beobachtet und anschließend onaniert hatte. Er verfiel jedoch, wie von ihr beabsichtigt, nicht im entferntesten auf den Gedanken, daß es ihr alles andere als unangenehm war.

Sie musterte ihn weiterhin von oben herab, doch nun mit sichtlichem Wohlwollen, was ihm aber entging. Er sah wirklich nicht schlecht aus für einen jungen Mann seines Alters. Auch wenn es auf den ersten Blick nicht so aussah, schien er doch muskulös zu sein und die enge Jeans spannte sich verheißungsvoll im Schritt. Das war für sie das einzige, bei dem ein Mehr auch wirklich ein Mehr an Annehmlichkeit bedeutete.

Sie schritt betont würdevoll, dabei die Hüften durchaus auf betörende Weise wiegend, durch den kleinen Flur direkt ins Wohn- und Arbeitszimmer. Sie war überrascht, als sie sah, wie gut der Blick in ihr Wohnzimmer von seiner Wohnung aus tatsächlich war, es war beinahe, als befände man sich im selben Zimmer, ließ sich jedoch nichts anmerken.

Sie schritt durch den Raum als verschaffe sie sich lediglich einen flüchtigen Eindruck, doch ihr wacher Blick erfaßte jedes Detail. Sie entdeckte die auf dem Sofa vernachlässigt liegende Reitgerte sofort, die wirkte, als hätte die junge Frau sie erst vor wenigen Augenblicken achtlos dort hingelegt.

»An diesem Fenster stehst du also oft verschämt hinter der Gardine und schaust verstohlen zu mir hinüber, während ich mich nichts ahnend leicht bekleidet in meiner Wohnung bewege, und holst dir dabei einen 'runter«, sagte sie scheinbar zu sich selbst und knöpfte ihren Ledermantel gedankenverloren auf, als sei ihr zu warm geworden. »Dir ist schon bewußt, daß dein Verhalten eindeutig den Tatbestand der sexuellen Belästigung erfüllt, du demnach ein kleiner Spanner bist«, drehte sie sich abrupt um, wobei sie die Linke in die Hüfte stemmte, somit den Ledermantel nach hinten schlug und ihm das Überbrustkorsett mit ihrem üppigen Busen präsentierte, der schwarze Ledermini ließ einen schmalen Streifen der Säume der schwarzen Nahtnylons sehen. Doch noch mehr als der Ledermini und das Korsett, faszinierten und verwirrten ihn ihre schritthohen, maßgefertigten Stiefel, deren Schäfte fast bis zum Rocksaum reichten. Sein Herz schlug noch etwas schneller und seine Verwirrung vergrößerte sich um einiges. Sie wirkte wie die Inkarnation seiner kühnsten Träume, aber er begriff – noch – nicht, daß dadurch ihre Vorwürfe in einem gänzlich anderen Licht zu sehen waren.

»Dir ist selbstverständlich klar, daß ich das nicht hinnehmen kann und daher entsprechende Schritte unternehmen muß«, sah sie ihn auf eine Weise an, die sein Herz nun vollends in die Hosentasche rutschen ließ.

Sie wußte nur zu gut, daß der Vorwurf der sexuellen Belästigung für viele Männer mittlerweile zum Schreckgespenst geworden war. Wie schnell konnte eine unbedachte, eigentlich harmlose Äußerung einer Frau gegenüber diese Verdächtigung auslösen und wie schwer war sie aus der Welt zu schaffen. Sich in einem Minenfeld zu bewegen, schien dagegen mitunter weniger gefährlich.

»Ich ...«, setzte er zu einer Entgegnung an, aber er kam über ein Stammeln nicht hinaus.

»Spare dir deine halbgaren Entschuldigungen«, fuhr sie ihm über den Mund. »Ich kenne die Ausreden von euch Männern nur zu gut, die nur beschwichtigen wollen oder die Schuld direkt auf die betroffenen Frauen abwälzen – schließlich seien sie selbst schuld, weil sie es durch ihr Verhalten provoziert hätten.«

Was in ihrem Fall nur zu sehr der Wahrheit entsprach, fügte sie selbstzufrieden in Gedanken hinzu.

Tatsächlich besaß der Vorwurf der sexuellen Belästigung in Verbindung mit ihrem Auftreten und ihrer Aufmachung etwas allzu Inszeniertes, was ihm, zum Glück für ihr Vorhaben, noch immer nicht auch nur im Ansatz bewußt wurde. Sein schlechtes Gewissen beherrschte ihn vollständig.

»Barbara, ich kann mir nicht vorstellen, daß jemals ein Mann sich traut, dich sexuell zu belästigen, solange du es nicht selbst willst«, war Ursula überzeugt.

»Ein Mann kann mich ohnedies nicht sexuell belästigen – gefällt er mir, empfinde ich es allemal als Kompliment – gefällt er mir nicht, bekommt er die entsprechende Antwort. Würden Frauen bei plumper Anmache stets angemessene Antworten geben, die unter Umständen auch etwas handfester sein können, wäre das Problem relativ schnell marginalisiert«, hatte sie lapidar erwidert und damit die Zustimmung der Freundin erhalten.

Sie setzte ihren Rundgang durchs Zimmer fort, tat jeden Schritt bewußt und wiegte dabei ihren schönen, leicht üppigen Hintern auf eine Weise, die dem jungen Mann eigentlich eine Ahnung davon geben mußte, wie sie plante, ihm die ›sexuelle Belästigung‹ heimzuzahlen und vor allem, wer hier gerade wen sexuell ›belästigte‹. Doch wie viele kam er nicht auf den Gedanken, daß sexuelle Belästigung kein Vorrecht der Männer gegenüber Frauen war. Aber er schien zu sehr außer Fassung, als daß er die Lage hätte nüchtern analysieren können.

Sie wandte ihm erneut den Rücken zu. Er mußte ganz schön ins Schwitzen geraten sein. Sie glaubte fast, seine Angst zu riechen, was sie wiederum motivierte, in ihrem Vorhaben fortzufahren.

Er stand wie das sprichwörtliche Häuflein Elend im Türrahmen, traute sich nicht, sich zu bewegen, noch etwas zu sagen, aus Angst, daß diese faszinierende Frau ihm erneut über den Mund fahren könnte, oder etwas machen, das weitreichende und äußerst unangenehme Folgen für ihn nach sich zog.

Sie entdeckte bei ihrem Rundblick ein aufgeschlagenes bekanntes BDSM-Magazin, das sie seit den ersten Ausgaben abonniert hatte. Wie einem der Zufall doch in die Hände spielen konnte! Ein, die ganze linke Seite einnehmendes Schwarzweißfoto zeigte eine Domse, die bis auf den Ledermantel ebenso gekleidet war wie sie, wenn sie auch fast zwanzig Jahre jünger, etwas üppiger und sehr hübsch war.

»Solche Frauen gefallen dir also«, meinte sie und hielt das Magazin in seine Richtung.

Er schaute beschämt drein. Er interpretierte ihre prinzipiell zufriedene Feststellung als Vorwurf. Ihm schien nicht bewußt zu sein, daß sie nicht nur ebenso wie die Frau auf dem Foto gekleidet war, sondern auch aus demselben Grund.

»*Solche* Hefte liest du also – sicherlich nicht ohne Grund«, meinte sie, dabei blätterte sie das Magazin durch, als müsse sie sich erst ein Bild verschaffen und wunderte sie es, daß es Männer gab, denen *so* etwas gefiel.

Sie legte das Magazin wieder auf den Tisch, jedoch mit einer anderen Seite aufgeschlagen. Diese zeigte ein ganzseitiges Fotos von einem gut gebauten nackten jungen Mann, der zu Füßen einer damenhaft gekleideten Frau ihres Alters kniete. Er sah sie mit stolzer Hingabe und sie ihn mit Besitzerstolz an.

Das müßte ihm eigentlich Hinweis genug sein – glaubte sie.

Leider war er nach wie vor dermaßen durcheinander, daß er ihr Verhalten nicht nur noch immer nicht richtig einzuschätzen wußte, sondern überhaupt nicht mehr in der Lage war, einen klaren Gedanken zu fassen, was ihm bei einer Frau seines Alters sicherlich möglich gewesen wäre.

»Falls du fürchtest, ich könnte so etwas Ähnliches wie rechtliche Schritte gegen dein Spannen einleiten, so kann ich beruhigen. Ich pflege solche Dinge auf meine besondere – und – eindrucksvollere Weise zu lösen.«

Sie sah ihm an, daß ihm im Augenblick rechtliche Schritte lieber wären, aber dennoch war ihm die Erleichterung darüber anzusehen, daß dieser Kelch offenbar an ihm vorüberging. Allerdings belebte sich langsam seine Fantasie in die von ihr beabsichtigte Richtung, wobei diese gar nicht so abwegig war, wie er noch glaubte.

Wie beiläufig nahm sie die Reitgerte vom Sofa, die unübersehbar neu und wahrscheinlich noch nie wirklich benutzt worden war. Sie spielte mit ihr, hieb sie prüfend mehrmals kurz in ihre offene lederbehandschuhte Linke. »Ein gutes Stück. Sie war sicherlich nicht billig. So etwas findet sich nur in guten Reitsportläden«, sagte sie sichtlich angetan mehr zu sich selbst.

Sie hieb die Reitgerte einige Male kräftig durch die Luft, dabei relativ dicht an seiner linken Seite vorbei, wodurch er jedesmal sichtlich zusammenzuckte. Hauptsächlich aus Angst, aber auch, ohne daß er es wollte, von leichter Enttäuschung begleitet.

»Jetzt wünschst du dir bestimmt, mich nicht heimlich von deinem Fenster aus beobachtet zu haben«, wechselte sie in einen eher nachsichtigen, beinahe mütterlichen Tonfall, begleitet von einem scheinbar freundlichen Lächeln.

Betreten senkte er den Blick. Sie war wider Willen gerührt. Sie berührte ihn mit der Spitze der Reitgerte unterm Kinn. Der leichte Druck, den sie ausübte, genügte, daß er den Blick wieder hob, in dem Faszination und Angst zugleich lagen.

»Bedauerlicherweise hättest du dir das früher überlegen müssen. Jetzt ist es zu spät und es bleibt dir nichts anderes übrig, als die Konsequenzen mannhaft zu ertragen. Körperliche Züchtigung mag zwar ein absolut falsches Mittel zur Kindeserziehung sein, aber bei Erwachsenen hat es sich unter besonderen Umständen als vielversprechend erwiesen.«

Ein leichtes Zittern lief durch seinen Körper, er schien offensichtlich unschlüssig, ob er es nun als ›angenehm‹ oder wirklich als Strafe empfinden sollte. Dabei sah sie ihm an der Nasenspitze an, daß er nichts lieber wollte, als von einer Frau wie ihr ›gezüchtigt‹ zu werden.

»Du stellst dich jetzt vor deinen Schreibtisch und läßt die Hosen hinunter.« Ihr Tonfall duldete keinen Widerspruch.

Er ergab sich durchaus nicht widerstrebend in sein Schicksal. Es mochte ihn zwar sichtlich Überwindung kosten, in Gegenwart einer fremden Frau, die vom Alter problemlos seine Mutter sein könnte, die Hosen herunterzulassen, aber sein Körper sprach eine eindeutige Sprache – er wollte nichts lieber, als von ihr die Reitgerte zu spüren.

Ihr den Rücken zuwendend öffnete er den Gürtel und ließ die Hose hinunter bis auf die Knie gleiten. Unschlüssig blieb er stehen. Seine Nervosität, seine widerstreitenden Gefühle waren für sie fast körperlich spürbar.

Sie betrachtete angetan seinen verlängerten Rücken. Ein richtiger Knackarsch, der nicht nur als Zielfläche für eine fast neue Reitgerte geeignet war. Sie mußte das Verlangen unterdrücken, ihm mit den lederbehandschuhten Händen an die Hinterbacken zu fassen und sie genüßlich zu kneten. Im Augenblick war ihr ganz recht, daß er noch mit sich haderte, ob sie sich wirklich für seine Unverschämtheit an ihm gütlich halten wollte, oder ob es ihr nur darum ging, ihn nun ihrerseits ›sexuell zu belästigen‹, was sie letztlich auch tat. Sie hatte ihn schließlich nicht um sein Einverständnis gefragt. Aus welchem Grund auch? Schließlich hatte er sie durch sein Verhalten provoziert und wenn er sich nicht wehrte, akzeptierte er es letztlich.

Sie grinste in sich hinein. Sie erkannte, daß sie dieselbe Argumentation benutzte, wie manche Männer, die sich von einem vergleichbaren Verhalten freisprechen wollten. Abgesehen davon, *wollte* sie ihn auch sexuell ›belästigen‹ und wie es schien, wollte er auch nichts anderes, als von ihr sexuell ›belästigt‹ zu werden.

»Die Unterhose ziehst du selbstverständlich auch hinunter.«

Er kam auch dieser Aufforderung schuldbewußt nach. Jeans und Unterhose schlotterten ihm leicht um die Knie.

»Nun beugst du dich vor und stützt dich mit den Armen auf dem Schreibtisch auf.«

Er tat, wie ihm geheißen.

Sie trat hinter ihn und berührte nur leicht seine Pobacken mit der Gerte, die er sogleich unwillkürlich anspannte, als erwartete er schmerzhafte Schläge. Sie fuhr mit der Spitze der Gerte an seiner Pofalte entlang, bis diese seine Hoden berührte. Sofort zuckte er erneut zusammen. Aber nicht nur das, er bekam unwillkürlich eine vielversprechende Erektion. Sie wollte ihn deswegen bereits ›tadeln‹, doch unterließ sie es. Sie wollte die sexuelle Komponente noch nicht allzu sehr in den Vordergrund stellen und vielleicht war ihm noch gar nicht bewußt, daß er eine bekam, was schließlich so ungewöhnlich nicht war. Sie ließ die Spitze der Gerte daher nur kurz auf seinen Hoden ruhen, bevor sie diese beinahe abrupt wegnahm und einen Schritt zurücktrat.

Im nächsten Moment sauste die Gerte mit einem schneidend zischenden Geräusch nieder und klatschte laut auf seine rechte Hinterbacke. Sie hatte relativ kräftig zugeschlagen, zwar nicht dermaßen kräftig, wie sie es hin und wieder tat, wußte sie, daß ein Sub es nicht nur ertrug, sondern zur Erregung benötigte oder auch um ihn an seine Grenzen zu führen. Weil sie nicht wußte, ob er schon einmal wirklich kraftvoll geschlagen worden war – von seiner Freundin sicherlich nicht, die hätte zuviel Angst davor, ihm weh zu tun – und wie ausgeprägt seine masochistischen Neigungen tatsächlich waren, wollte sie es auch nicht übertreiben.

Er zuckte zusammen und seufzte vor Schmerz aber auch vor Wohlbefinden auf. Die Stelle, an der sie ihn getroffen hatte, verfärbte sich augenblicklich rot.

»Jetzt tue nicht so, als wäre es schlimm gewesen«, bagatellisierte sie herablassend.

Er versuchte nicht einmal, ihr zu widersprechen. Sie hieb mit dergleichen Intensität auf die andere Hinterbacke. Jetzt zuckte er nicht mehr so stark zusammen. Auch sein schmerzvolles Aufstöhnen war leiser, dafür das lustvolle intensiver. Ja, kaum war der erste Schmerz verklungen, streckte er ihr sogar den Hintern auf eine Weise einladend entgegen, die die vorerst noch unbewußte Reaktion verriet.

Sie schmunzelte in sich hinein. Er konnte noch nicht wissen, daß gerade das sie erst recht herausforderte.

Sie schlug kurz hintereinander erneut einmal auf jede Hinterbacke, wenn auch nicht so heftig wie die ersten beiden Male.

Im Vergleich dazu, ließ er die Schläge fast schon mit stoischem Gleichmut über sich ergehen.

»Damit wir den Überblick über die Anzahl der Schläge behalten, die du von mir als Strafe für dein ungebührliches Verhalten bekommst, zählst du ab jetzt mit.«

Er nickte nur schwach. Die Gerte sauste nieder und er sagte, mit einem leichten Krächzen in der Stimme: »Eins.«

»Ich glaube, das geht auch etwas deutlicher.«

Er nickte und bei der »Zwei«, die auf den nächsten Schlag folgte, zitterte seine Stimme schon weniger und sprach er lauter.

Sie hieb mit jeweils unterschiedlicher Intensität zu, doch nie stärker als die ersten beiden Schläge. Sie ließ zwischen den einzelnen Schlägen ausreichend Zeit verstreichen, damit er den sich ausbreitenden Schmerz genießen konnte.

Die Stellen, wo sie seinen Hintern getroffen hatte, röteten sich unterschiedlich stark.

»Das reicht fürs Erste«, entschied sie nach dem zwölftem Schlag und trat einen Schritt zurück.

Sie konnte sich irren, aber er wirkte leicht enttäuscht. Er mochte vielleicht der Meinung sein, daß er noch mehr vertragen könnte, aber sie fand, daß es fürs erste Mal genug sei.

Sie setzte sich, als bräuchte sie etwas Erholung nach ihrer anstrengenden Tätigkeit, mit damenhaft übereinandergeschlagenen Beinen auf das Sofa, die ›entjungferte‹ Reitgerte im Schoß liegend.

Er verharrte weiterhin in seiner Stellung. Er traute sich offensichtlich nicht, sich ohne ihre Erlaubnis zu bewegen. Ihre vollen Lippen umspielte ein amüsiertes Lächeln. Sie wußte, daß sie in seiner momentanen Stimmung sehr weit bei ihm gehen konnte. Das Gefühl, Macht über einen anderen Menschen zu haben, ihn dazu zu bringen, ausschließlich für ihre sexuelle Befriedigung zu sorgen, erregte sie, weshalb sie bereits ganz schön feucht im Schritt war. Aber sie wollte es auch nicht mutwillig übertreiben, damit er nicht das Gefühl bekam, sobald der Kopf wieder die Kontrolle über den Körper zurückerlangte, von ihr überrumpelt worden zu sein, und sich womöglich dadurch von ihr abgestoßen fühlte.

»Willst du weiterhin in dieser unbequemen Haltung bleiben«, fragte sie ihn mit unüberhörbarer Ironie.

Schuldbewußt richtete er sich auf, ihr weiterhin den Rücken zuwendend.

»Findest du es nicht etwas unhöflich, einer Dame den Rücken zuzuwenden, während sie mit dir spricht?« fragte sie durchaus mit liebenswürdiger Ironie.

Er schüttelte den Kopf und wandte sich ihr zögerlich zu,

weiterhin den Blick gesenkt. Es war ihm sichtlich peinlich, daß ihn eine fremde Frau mit hinuntergelassenen Hosen sah. Sie betrachtete seine ansehnliche Erektion mit sichtlicher Freude. Beinahe hätte sie einen anerkennenden Pfiff ausgestoßen. Es war gut, daß sie die Kondome mitgenommen hatte. Einen derart schönen großen, dicken und geraden Schwanz hatte auch sie bisher selten zu sehen bekommen.

»Wenigstens besitzt du so viel Anstand, einer Frau nicht mit einem schlaffen Etwas von Schwanz gegenüberzutreten.«

Er errötete augenblicklich. Diese Schamhaftigkeit, die den Wunsch in ihm entstehen ließ, daß die Erektion so schnell wie möglich verschwand, bewirkte selbstverständlich das Gegenteil – sie blieb ihm nicht nur in voller Schönheit erhalten, sondern verstärkte sich sogar so weit, daß sie ihn fast schon schmerzte.

»Ein Mann mit heruntergelassenen Hosen ist nur selten ein angenehmer Anblick. Was in deinem Fall bedeutet, daß du dich nun vollständig auszieht.« Sie nahm die Gerte erneut zur Hand und spielte auf eine Weise gedankenverloren mit ihr, die bei ihm den Eindruck erwecken mußte, daß sie ihn jederzeit aus einer Laune heraus wiederholt damit schlug.

Er entledigte sich zügig seiner Kleidung, immer noch mit schamvoll gerötetem Gesicht. Offensichtlich fürchtete er eine erneute Züchtigung, ließ er sich zuviel Zeit. Ohne weitere Aufforderung zog er sogar die Socken aus, was bei Männern leider nicht selbstverständlich ist. Nackte Männer mit Socken waren für sie vollkommen inakzeptabel. Ein Sub, der die Socken anbehielt, nachdem er alles andere abgelegt hatte, bekam sofort die Peitsche zu spüren, und zwar auf heftige Weise, insbesondere, wenn es sich um weiße Tennissocken handelte.

Er hielt den Blick weiterhin gesenkt. Sie deutete das vorübergehende Zucken seiner Hände als hilflosen Versuch, die genitale Blöße zu verbergen. Vermutlich sah er schnell ein, daß es ein sinnloses Unterfangen war, eine Erektion mit den Händen verbergen zu wollen, insbesondere bei jemanden, der von Mutter Natur so gut ausgestattet worden war, wie er und es ebenso unsinnig war, etwas den Blicken eines anderen entziehen zu wollen, das dieser bereits in voller Schönheit bewundern konnte.

»Du kannst ruhig näher kommen. Ich beiße schon nicht«, meinte sie mit einem durchaus freundlichen Lachen.

Er zögerte einen Augenblick als zweifelte er über den Wahrheitsgehalt ihrer Aussage, bevor er zu ihr ging und weniger als einen halben Schritt vor ihr stehen blieb, den Blick jetzt konzentriert auf ihre Stiefelspitzen gerichtet.

»Man hat dir aber schon beigebracht, daß man denjenigen, der mit einem spricht, ansieht. Oder bist du Stiefelfetischist? Dann kann ich verstehen, daß du den Blick lieber auf meine gerichtet hast«, fügte sie sarkastisch hinzu.

Ein leises, verlegenes Zittern durchlief seinen Körper und mit hochrotem Kopf sah er sie an.

Sie hatte ihn demnach in zweifacher Hinsicht ›getroffen‹, zum einen mit dem Vorwurf der Unhöflichkeit und zum anderen mit dem des Fetischismus.

»Der Kleine ist also ein Fetischist«, meinte sie gutmütig und ein Gefühl der Zufriedenheit machte sich in ihr breit. Sie liebte Fetischisten grundsätzlich und dabei war es nebensächlich, welchen sie besaßen. »Was sind denn deine Fetische? Mir kannst du es ruhig sagen.«

Dabei berührte sie spielerisch und beinahe ›zufällig‹ mit

der Spitze der Gerte seinen Schwanz, der unter dieser Berührung kurz zuckte.

»Ich habe es gerne, trägt eine Frau hochhackige Stiefel«, sagte er schüchtern und versuchte ihrem Blick auszuweichen, ohne ihn abzuwenden, was ihm natürlich mißlang.

»Das dachte ich mir bereits, als ich dich vor einigen Tagen mit deiner kleinen Freundin gesehen habe. Sie trug auch Stiefel und du lagst ihr zu Füßen.«

Er zuckte zusammen. Er schien gar nicht daran gedacht zu haben, daß sie ihn ja ebenso gut von ihrem Fenster aus beobachten konnte, wie er sie von seinem.

»Sie trägt sehr gerne Stiefel«, entschuldigte er sich.

»Trägt sie auch beim Vögeln Stiefel? Sie macht auf mich den Eindruck, daß sie gerne vögelt.« Sie blickte ihn eindringlich an.

Sie wußte, daß es eine sehr intime Frage war und ihn eine ehrliche Antwort sichtlich Überwindung kostete.

Ihm entfuhr ein langgezogener Seufzer.

»Ja, das tut sie. Sie trägt gerne Lederminis und Stiefel beim Vögeln, das gibt ihr das Gefühl nuttig zu sein und sie fühlt sich gerne nuttig beim Sex, weil brave Mädchen ja keinen richtigen Sex haben können und dürfen, erst so kann sie so richtig aus sich herausgehen. Aber ich habe immer den Eindruck, daß sie ohne Stiefel und ohne Ledermini nicht richtig erregt wird.«

»Was läßt es dich vermuten?«

»Nun ja, sie trägt auch im Sommer, wenn es warm ist, Stiefel und sie besitzt fast nur Stiefel. Außerdem findet es sie langweilig, beim Sex nackt zu sein. Seit wir zusammen sind, hat sie sich zweimal neue gekauft und jedesmal sagte sie, daß sie erst dann wirklich ›eingeweiht‹ sind, wenn sie sie beim Vögeln getragen hat.«

»Das läßt tatsächlich darauf schließen, daß sie eine Fetischistin ist, denn nach landläufiger Definition ist ein Fetischist jemand, der ohne seinen Fetisch sexuell nicht wirklich erregt wird.«

Er nickte. Sie wußte nicht, ob er ihrer Definition eines Fetischisten zustimmte oder mit ihr darin übereinstimmte, daß seine hübsche Freundin eine war.

»Fetischismus ist so ziemlich das harmloseste, was man sich vorstellen und Fetischisten sind im Gegensatz zu allen anderen beim Sex immer ansprechend gekleidet, wie du an mir siehst«, sagte sie mit einem Schmunzeln und hoffte, daß er diesen Hinweis nicht als Ironie fehlinterpretierte, doch müßte ihm längst bewußt sein, daß sie auch eine war.

»Darüber hinaus verfügt ihr sexuell anscheinend kaum über Berührungspunkte.« Diesmal war es ehrlich mitfühlend, was er spürte und sich ihr daher leicht öffnete.

»Nein, haben wir nicht. Was mir leidtut, dabei habe ich sie sehr gerne und der Sex mit ihr ist sehr schön. Sie sagt nie nein und hat eigentlich immer Lust.«

»Und du? Sagst du auch nie nein, wenn sie etwas von dir möchte, oder sie sagt, daß sie Lust auf dich hat?« fragte sie als würde sie ihn examinieren.

»Nein, das könnte ich überhaupt nicht, dafür habe ich sie viel zu gerne«, wies er entschieden von sich.

Barbara nickte, das konnte sie sich gut vorstellen. Er gehörte zu den Männern, die einer Frau nichts abschlagen können, selbst wenn es manchmal gut und in ihrem Interesse wäre.

»Aber dir hat sie doch deinen Wunsch, dich zu dominieren abgeschlagen?« fragte sie mit einem leicht diabolischen Lächeln.

»Ja, nein, eigentlich nicht, sie versucht ja, mir meinen

Wunsch, von ihr dominiert zu werden, zu erfüllen, aber es gelingt ihr nur teilweise. Solange ich vor ihr knie, ihr die Stiefel lecke und alles tue, was ihr Lust bereitet und was sie diesbezüglich von mir verlangt, was mir auch großen Spaß macht, ist alles in Ordnung, aber sobald ich möchte, daß sie mich bestraft, so wie SIE es vorhin gemacht haben, kann sie sich nicht dazu überwinden. Sie will mir nicht wehtun, aber sie tut mir ja nicht weh, im Gegenteil, es wäre so schön, von ihr Schmerzen zugefügt zu bekommen.« Er klang sichtlich verzweifelt. Diese junge Frau schien ihm wirklich viel zu bedeuten, ob er ihr ebensoviel, das würde noch herauszufinden sein. Da es ihr offensichtlich gefiel, einem Mann zu sagen, wie er sie sexuell zu befriedigen hatte, schien zumindest eine Art Grunddominanz vorhanden zu sein.

»Du wirst noch lernen zu verstehen, daß es nicht unwichtig ist, wenn *beide* weitgehend übereinstimmende sexuelle Präferenzen besitzen«, sagte sie daher etwas schulmeisterlich.

Er nickte brav.

»Wenn dir meine Stiefel so gut gefallen, knie dich zu meinen Füßen. Ich erlaube dir, sie zu berühren.«

Fast übereifrig folgte er ihrer Aufforderung.

»So verhält sich ein wahrer Fetischist.« Sie lachte gutmütig und leicht belustigt auf. »Schaue sie dir ruhig an. Sie sind aus ganz weichem Leder. Ich trage sie häufig beim Sex. Ich trage auch gerne Stiefel beim Sex. Stiefel sehen sexy aus und wirken nicht nur nuttig, sondern viel mehr damenhaft. In diesen Dingen bin ich wie deine kleine Freundin und es gibt viele Frauen, die so sind wie wir. Komm, berühre meine Stiefel. Streichle mit deinen Händen darüber. Ja, das Leder ist schön weich, nicht wahr? Fast wie Handschuhe.«

Er nickte, während er erst zögerlich mit den Händen über ihre Stiefel strich, dann aber immer selbstsicherer werdend.

»Besitzt deine Freundin auch solche?«

»Solche nicht direkt, aber Overknees aus rotbraunem Veloursleder mit nicht ganz so hohen Absätzen und Schäften. Es ist so schön, mit ihr zu vögeln, wenn sie sie trägt.«

»Weiß sie, wie gut sie dir gefallen?«

»Ja, und sie trägt sie oft, weil sie ihr beim Vögeln auch so gut gefallen. Sie sagt oft, daß es ihre bevorzugten Fick-Stiefel sind.«

»Du weißt hoffentlich auch, daß man Stiefel wie meine auch ›Fick-mich-Stiefel‹ nennt?«

»Ja und meine Freundin hätte sie auch gerne, aber sie kann sich die wirklich guten, die ihr gefallen, derzeit noch nicht leisten.«

»Würdest du mit einer Frau, die Stiefel wie meine trägt, nur wegen dieser ficken?« Es war eine als rhetorische Frage formulierte Feststellung, die sich letztlich aufgrund seiner bisherigen Reaktion erübrigte, aber sie wollte aus seinem Mund die Bestätigung.

»Ja«, sagte er leidenschaftlich und sah sie beinahe sehnsüchtig an. Ob er dabei auch an seine Freundin dachte?

»Magst du bei einer Frau auch weiche Lederhandschuhe?«

Er nickte erneut, den Blick wieder auf ihre Stiefel konzentriert, die er längst sicherer und zärtlicher streichelte.

»Magst du es, wenn eine Frau deinen Schwanz mit Lederhandschuhen berührt, dich massiert und dich mit ihren lederbehandschuhten Händen zum Abspritzen bringt? Magst du es zu sehen, wie dein Sperma über ihre Lederhandschuhe läuft, wie dein Sperma die Lederhandschuhe feucht werden läßt?«

Er nickte nun heftiger, während sie sich an dieser Vorstellung labte, da sie es selbst genoß. Ihm schien zu entgehen, daß ihre Stimme bei den letzten Worten vor Erregung leicht zitterte.

»Hat dich deine kleine Freundin auch schon mit Handschuhen zum Abspritzen gebracht?«

»Ja«, sagte er leise.

»Waren sie aus Leder?«

»Nein, es waren die Gummihandschuhe, die sie beim Spülen trägt.«

»Auch mit solchen Handschuhen ist es schön. Hat sie es nur einmal gemacht?« Es gab nichts, was sie so überrascht hätte, wie eine Bejahung.

»Nein, sie macht es immer wieder. Sie sagt, daß es ihr lieber ist, sie zu tragen, wenn sie mich massiert, dann hat sie anschließend keine klebrigen Hände. Aber ich glaube, sie trägt sie gerne, wenn sie mich massiert. Sie hat dann immer so einen gewissen Blick. Nun ja, für mich ist es dann auch intensiver und schöner, obwohl ich gerne ihre nackten Hände spüre. Sie hat so schöne Hände.« Er senkte schamvoll den Blick.

»Ja, du bist wirklich ein kleiner, verdorbener Fetischist«, meinte sie in einem Tonfall, als sehe sie keinerlei Hoffnung auf Besserung.

Er sackte wieder schuldbewußt in sich zusammen.

Sie strich ihm sanft mit der Gerte über den Rücken. Er spannte den Körper leicht an. Er schien erneut Schläge von ihr zu erwarten.

Sie legte ihm den rechten Fuß in den Schoß und berührte seinen Schwanz mit der Stiefelspitze.

»Dir gefällt es sicherlich auch, einer Frau dein Sperma über die Stiefel zu spritzen«, bemerkte sie wohlwollend und fügte nach einer Kunstpause, von einem wohligen Schnurren begleitet, hinzu. »Wobei ich mir gerne über die Stiefel spritzen lasse. Es sollte mich schon sehr wundern, würde es deiner kleinen Freundin nicht auch gefallen.«

Er nickte fast mechanisch, den Blick gebannt auf ihre Stiefelspitze gerichtet, die mit seinem Schwanz spielte.

Sie streckte ihm das Bein gerade entgegen.

»Lecke mir die Stiefel. Du sollst deinen Fetisch haben.« Ihr war bewußt, daß ihre Gönnerhaftigkeit etwas zu übertrieben klang, um großmütig zu wirken, sondern der Eigennutz sichtlich hervortrat.

Er ließ es sich nicht zweimal sagen, nahm ihren Fuß in die Hand und leckte ihr über den Stiefel und umspielte auch den hohen schlanken Absatz auf eine Weise, die den Genießer verriet und zeigte, daß er es nicht zum ersten Mal tat.

Sie ließ ihn lange gewähren, auch noch als es ihr bereits ein bißchen langweilig wurde.

»So, nun ist aber genug«, sagte sie entschieden und entzog ihm das Bein.

Sie legte die Spitze der Gerte unter sein Kinn und drückte leicht dagegen. Er hob brav den Blick. Seine Wangen waren gerötet, jedoch nicht mehr vor Verlegenheit. Er blickte sie leicht enttäuscht an. Sie schenkte ihm ein fast mütterlich nachsichtiges Lächeln.

»Jetzt sei nicht traurig, mein Kleiner. Du hast schließlich lange genug meine schönen hohen Stiefel lecken dürfen. Irgendwann muß auch das Schönste einmal enden.«

Sie stand mit einer fließenden Bewegung auf. Er sah sie wehmütig an, was sie erneut rührte.

»Nein, mein Kleiner, ich verlasse dich noch nicht. Wir sind noch nicht zu Ende mit den Konsequenzen deines ungehörigen Betragens mir gegenüber.«

Sie lehnte sich mit dem Hintern an den Schreibtisch, die Füße voreinander gestellt und spielte mit der Gerte, in dem sie diese mehrmals leicht gegen den rechten Stiefel hieb, während sie ihn mit mütterlicher Strenge betrachtete. Er kniete noch immer vor dem Sofa, ihr zugewandt und sie fasziniert und erwartungsvoll und auch immer noch leicht verängstigt ansehend.

»Eine erste Strafe für dein Spannen hast du ja bereits erhalten. Doch bist du mir noch eine Erklärung dafür schuldig. Ich gehe vermutlich recht in der Annahme, daß man dir beigebracht hat, daß es höchst ungehörig ist.«

»Ja, Madame, das hat man.«

Es amüsierte und freute sie, daß er sie von sich aus mit ›Madame‹ anredete, und nun sprudelte es förmlich aus ihm heraus. Er schien endlich die Situation begriffen zu haben.

»Madame, ich habe die verdienten Schläge genossen. Aber ich bereue nicht, daß ich Sie beobachtet habe. Sie sind so schön. Ich habe immer davon geträumt, von einer Frau wie Ihnen gezüchtigt zu werden. Sie können *alles* mit mir machen. Es ist so schön, Ihnen die Stiefel lecken zu dürfen, vor Ihnen zu knien, Ihnen zu dienen. Ich verehre Sie bereits, seit ich Ihnen das erste Mal begegnet bin. Ich habe Sie bisher immer nur in verführerischem Leder gesehen. Reifen, betörenden Frauen in Leder gehört meine heimliche Leidenschaft.«

»Du weißt schon, daß du deine Strafe in erster Linie nicht fürs Spannen bekommen hast, sondern weil du nur gespannt hast und nicht gemerkt hast, oder es zumindest nicht merken wolltest, daß ich weiß, wie du mich beobachtest und ich mich explizit für dich in Szene gesetzt habe.«

»Es tut mir leid, Madame, aber mir war die Möglichkeit, daß Sie wissen, wie ich Sie beobachte, zu fantastisch, um wirklich zu sein, obwohl es ja naheliegend ist, wenn ich nüchtern darüber nachdenke.«

»Was hast du dir dabei gedacht, als du anschließend, nachdem du mich beobachtet hast, onaniertest?«

»Ich habe es als ungehörig empfunden, aber ich konnte nicht anders. Sie waren jedesmal dermaßen schön und verführerisch, daß ich gar nicht anders konnte. Ich hätte es nicht ausgehalten. Ich habe mir so sehr gewünscht, daß ich Ihrer Lust dienen könnte.«

»Du wolltest also unbedingt mit mir vögeln«, fiel sie ihm prosaisch ins Wort.

»Ja«, gestand er zögerlich.

»Dir gefällt es, mit Frauen in meinem Alter zu vögeln?«

»Ich finde Frauen wie Sie unglaublich faszinierend, da zählt das Alter nicht, man denkt nicht einmal daran. Natürlich vögle ich sehr gerne mit Frauen meines Alters, nicht nur mit meiner Freundin, von der ich oft nicht genug bekommen kann, was ihr nichts ausmacht, sie hat sich mir noch nie verweigert, sie braucht es ja auch so oft wie möglich, wie sie sagt. Aber ich weiß auch, daß ich kaum die Gelegenheit haben werde, mit einer Frau Ihres Alters und vor allem Ihrer Persönlichkeit zu vögeln. Für Sie muß ich doch ein unerfahrener Junge sein!«

Sie lachte gutmütig. Das Ganze besaß durchaus etwas Rührendes.

»Ich glaube nicht, daß du wirklich unerfahren bist. Aus meiner Sicht bist du schon recht erfahren für dein Alter, was bestimmte Dinge betrifft. Ich bin mir sicher, daß du genau weißt, was du tun mußt, damit eine Frau auf ihre Kosten kommt, andernfalls ließe sich deine Freundin nicht so oft und lange von dir vögeln. Und du weißt mit Sicherheit, daß dein schöner großer dicker Schwanz Eindruck auf Frauen macht. Es sollte mich schon sehr wundern, würde dir deine Freundin nicht sagen, wie gut er ihr gefällt und daß sie auch deshalb so gerne mit dir vögelt. Auch wenn ich dich bisher nur als kleinen Spanner erlebt habe, so bist du doch ein Mann, mit dem eine Frau gerne Sex hat. Ich hatte schließlich auch genug Zeit, dich zu beobachten.«

»Madame beschämen mich.«

Es klang für sie wie aus einem alten romantischen Roman, zugleich ein Hinweis auf seine literarischen Vorlieben.

»Jetzt werde nicht kokett, mein Kleiner«, lachte sie gutmütig drohend. »Allzu große Bescheidenheit ist auch nur eine Form von Anmaßung, ab einem bestimmten Grad sogar die heftigste. Noch so eine Äußerung und ich verlasse dich auf der Stelle. Dabei habe ich eigentlich beschlossen, mich von dir ficken zu lassen. Ich lasse mich gerne von einem Mann ficken, der vom Alter mein Sohn sein könnte, wenngleich ich lediglich zwei Töchter in ungefähr deinem Alter habe.«

Ihr Wechsel in eine vermeintlich derbe Ausdrucksweise ernüchterte ihn etwas, obwohl er gar nicht vordergründig bescheiden wirken wollte. Es war seine romantische Ader, die mal wieder mit ihm durchging und er damit nicht zum ersten Mal auf Unverständnis bei einer Frau stieß.

Er senkte erneut schuldbewußt den Blick und nickte.

»Nun gut, ich verzeihe dir noch einmal.« Kaum hatte sie es ausgesprochen, wurde ihr bewußt, daß sie in denselben romantischen Jargon verfiel. »Ich werde deine Erziehung in die Hand nehmen müssen, um dich als ›Eigentum‹ für eine dominante Frau vorzubereiten, nicht nur, damit du ein adäquater Sub für eine erfahrene Frau wirst, sondern damit du auch weißt, wie du dich bei einer bisher noch unerfahrenen oder wenig erfahrenen dominanten Frau zu benehmen hast, damit sie durch dich lernt, wie sie ihre Dominanz anwendet.« Ob er verstand, daß er mit dieser Frau seine kleine Freundin meinte? An seiner Mimik ließ es sich nicht ablesen. Der glückliche Ausdruck, der über ein Gesicht flog, hatte seine Ursache eindeutig in der Aussicht, von ihr unterrichtet zu werden, womit er nicht einmal in seinen kühnsten Träumen gerechnet hätte. Nun, wie es aussah, würde sie mit seiner kleinen Freundin ein ernstes und wenn nötig auch langes Frauengespräch führen müssen.

Es war nicht das erste Mal, daß sie den Gedanken hatte, daß die Unterrichtung junger unerfahrener Subs ein nicht zu unterschätzender Vorteil ihres derzeitigen Alters war. Abgesehen davon sollte es auch auf sexuellem Gebieten die Regel sein, daß die Jüngeren an der Erfahrung der Älteren partizipieren.

Sie legte die Gerte auf dem Schreibtisch ab.

»Und jetzt werde ich überprüfen, ob du deinen schönen großen und dicken Schwanz auch wirklich so gut zu gebrauchen weißt, wie ich vermute. Zwar kannst du nichts dafür, von Mutter Natur so gut bestückt worden zu sein, aber ein solch großzügiges Geschenk verpflichtet auch. Im Leben gibt es nun einmal nichts umsonst. Ein mäßiger oder schlechter Liebhaber mit einem durchschnittlichen oder gar kleinen Schwanz ist noch verzeihlich, aber ein mäßiger oder gar schlechter Liebhaber mit einem großen dicken ist nicht zu entschuldigen, dafür gibt es zu wenige, die über einen solchen verfügen und zu viele Frauen, die gerne einen Mann mit einem solchen hätten.«

Er nickt eifrig. So sah er das auch.

»Ich vermute, es macht dir nicht viel aus, wenn ich nur den Ledermantel ablege.«

Sie zog den Ledermantel aus und legte ihn über die Rückenlehne seines Schreibtischstuhls. Freudig sah er, daß ihre Lederhandschuhe oberarmlang waren.

Sie trat zu ihm und bot ihm die Rechte dar.

»Nun zeige mir, was du kannst«, forderte sie ihn freundlich auf.

Er ergriff mit leichtem Zittern ihre Hand und erhob sich.

Er enttäuschte die Erwartung nicht, die sie in ihn gesetzt hatte.

Es war draußen bereits dunkel, als sie seine Wohnung verließ. Die mitgenommen Kondome hatten zu ihrer Freude alle Verwendung gefunden. Die Nummer seiner kleinen Freundin hatte er ihr auch schon gegeben. Er hatte nicht einen Moment gezögert und sie nicht einmal gefragt, was sie mit ihr besprechen wollte. Sie würde sie morgen kontaktieren, denn sie würde seine Erziehung gerne in ihrer Gegenwart vornehmen und somit auch ihre Erziehung als seine zukünftige Erzieherin in die Hand nehmen. Und vielleicht ergab sich auch die Gelegenheit, zuzusehen, wie sie ihn in ihrer Gegenwart durchvögelte, was wiederum auch Michael zugutekäme.

Verdiente Strafe

Was Marion gegen ihn hatte, wußte Jürgen nicht. Er hatte ihr bewußt nie etwas getan. Sie war keine Verflossene, die sich zu Unrecht aufs Abstellgleis geschoben fühlen könnte, keine verschmähte Verehrerin, keine, der er ›Hörner aufgesetzt hätte‹. Um ehrlich zu sein, so gut sie auch aussah, er würde sie nicht einmal mit der Feuerzange anfassen. Dabei war sie durchaus sein Typ – groß, dunkelhaarig, volle, fast schon aufgeworfene Lippen, dunkle Augen, vielleicht etwas zu kräftige Figur, wobei ihm das prinzipiell bei einer Frau gefiel, ansehnliche Oberweite und scheinbar endlos lange Beine. Interessanterweise stichelte sie gegen ihn nur, waren sie allein. In Gegenwart der Kollegen war sie derart zuvorkommend ihm gegenüber, daß seit langem das Gerücht die Runde machte, sie wäre heimlich in ihn verliebt und er ein Stoffel, weil er es offenkundig nicht bemerkte oder bemerken wollte, was für die Kollegen auf das Gleiche hinauslief. Also wenn sich so eine verliebte Frau benahm, dann wollte Jürgen keine erleben, die einen verabscheute. Allzu lange hatte er es mit stoischem Gleichmut hingenommen, nur wenn es absolut nicht mehr ging, ihr eine entsprechende Antwort gegeben, die nicht immer fein war, worauf sie aber stets mit einer fast kindlichen Heiterkeit wie über einen gelungenen Streich reagierte.

Doch diesmal war sie eindeutig zu weit gegangen. Bedenkenlos seine Ideenskizze aus seinem Computer zu kopieren und als ihre auszugeben, war kein dummer Streich mehr, keine fantasielose Stichelei. Immerhin hatte er etliche Stunden Arbeit darin investiert. Den einzigen Fehler, den er sich vorzuwerfen hatte, war seine Unterlassung, seinen Computer vor fremden Zugriffen ausreichend zu schützen. Bisher war das auch nicht nötig gewesen, denn jeder hatte die Sphäre des anderen respektiert.

Als er es erfuhr, war sein erster Impuls, die Sache sofort richtigzustellen, denn immerhin hatte er ja die Originaldateien auf seinem Rechner. Zumindest hatte er das geglaubt, denn als er sie öffnen wollte, stellte er fest, daß Marion sie nachhaltig gelöscht hatte. Er besaß keinen Beweis für seine Urheberschaft mehr. Das ließ ihn nur noch wütender auf sie werden und das Bedürfnis, sie zu verprügeln, wurde übermächtig in ihm. Nüchtern betrachtet ging es in seinen Aufzeichnungen um nichts wirklich Besonderes. Letztlich konnte es ihm gleich sein, ob sie es für sich deklarierte und das wußte sie nur zu gut. Es ging ihm einzig ums Prinzip, beim nächsten Mal könnten es wirklich wichtige Dinge sein. Nicht zu reagieren, würde ihre Dreistigkeit in Zukunft sicherlich noch steigern.

Nachdem die erste Wut etwas verraucht war, ging er in ihr Büro. Ohne anzuklopfen, stürzte er hinein und schloß die Tür hinter sich, sich gerade noch beherrschend, sie nicht einfach zuzuknallen, die Kollegen mußten ja nicht gleich mit der Nase auf ihren Zwist gestoßen werden. Ihm genügte bereits, daß sie ihn für einen Ignoranten bezüglich Marion hielten.

Sie saß entspannt, die langen zartbestrumpften Beine übereinandergeschlagenen an ihrem Schreibtisch, die eleganten, hochhackigen Schuhe ausgezogen unter dem Schreibtisch liegend und sah sichtlich gelangweilt auf.

»Ach, du bist es«, bemerkte sie betont gleichgültig, als

wäre er irgend jemand, dem man keinerlei Beachtung zu schenken brauchte.

»Du bist doch das hinterfotzigste Weibsstück, das mir jemals begegnet ist«, blaffte er sie mit gedämpfter Stimme an, damit niemand außerhalb dieses Büros etwas mitbekam, was seine Wut um einiges entschärfte.

»Ich weiß«, erwiderte sie mit einem sardonischen Lächeln. »Aber ich weiß auch, daß du nicht beweisen kannst, daß ich sie dir geklaut habe«, fügte sie triumphierend hinzu. Ihm verschlug es für den Moment die Sprache. Nicht nur, daß sie ihre Untat nicht leugnete, sie war auch noch stolz darauf. ›Biest‹ war für diese Frau noch eine überaus schmeichelhafte Bezeichnung. Er hatte zwar eine passendere Verbalinjurie auf der Zunge, sprach sie aber nicht aus, obwohl es ihm eine große Befriedigung bedeutet hätte. Zu seinem Bedauern besaß er immer noch den Respekt ihr gegenüber, den sie ihm gegenüber offensichtlich längst hatte fallen lassen.

»Für deine Unverfrorenheit sollte man dir deinen fetten Arsch versohlen«, sagte er wütend, obwohl es unüberhörbar ein hilfloses Aufseufzen war.

»Abgesehen davon, daß ich einen durchaus knackigen Po habe«, womit sie recht hatte, sie besaß eines der schönsten weiblichen Hinterteile, wenn auch vielleicht etwas ausladend, das er je gesehen hatte, »stimme ich dir zu. Ich habe Strafe für mein unkollegiales Verhalten verdient.«

Sie sagte es in einem derart unterwürfigen Tonfall, der im ausgeprägten Gegensatz zu ihrer bisherigen Arroganz ihm gegenüber stand, begleitet von einem servilen Senken des Blicks, daß er abermals nicht wußte, was er sagen sollte. Er konnte sich zum wiederholten Mal des Eindrucks nicht erwehren, daß sie ihn nicht wirklich ernst nahm.

Er wollte zu einer Entgegnung voll Verbalinjurien ansetzen, darunter jede Menge Dinge, die man keiner Frau sagt, ganz gleich wie sehr sie einem zugesetzt hat, doch er unterließ es, vor allem, um die eigene Würde zu wahren und verließ wutschnaubend ihr Büro, doch immer noch so beherrscht, die Tür nicht einfach hinter sich zuzuknallen, daher entging ihm ihr beinahe schon resignierter, vernehmlicher Seufzer. Wie gerne hätte sie alle die Verbalinjurien, die man einer Frau normalerweise nicht sagt, von ihm gehört. Wie konnte ein an sich intelligenter Mann nur so begriffsstutzig sein?

Weil ihm die Sache, sich so leicht Ideen von seinem Computer klauen zu lassen, ganz schön peinlich war, behielt er es weiterhin für sich, anstatt den anderen reinen Wein über sie einzuschenken und seinerseits ein bißchen gegen sie zu intrigieren.

Auf seine Arbeit konnte er sich verständlicherweise nicht konzentrieren. Er saß nur da und starrte den Monitor an, als könnte sein Computer etwas dafür, daß von seiner Festplatte Daten entwendet worden waren.

Es mochte vielleicht eine Viertelstunde vergangen sein, seit er ihr Büro mit nicht weniger Wut im Bauch verlassen als betreten hatte, als das Posteingangszeichen in der rechten oberen Bildschirmecke heftig blinkte. Nichts Böses ahnend öffnete er die Nachricht.

Ich weiß, ich bin ein intrigantes Miststück. Dafür habe ich Strafe verdient. Komme am Samstag gegen zwei Uhr nachmittags zu mir. Dann kannst du dich an mir schadlos halten.
Marion.

Er las die Nachricht zweimal, denn er konnte kaum glauben, was er las. In der Überzeugung, sie kostete ihren Triumph über ihn erst recht aus, löschte er die Nachricht. Leider besaßen elektronische Nachrichten den Nachteil, daß man sie nicht aus Wut in kleine Fetzen reißen und in den Papierkorb werfen oder im Aschenbecher verbrennen konnte, was oft half, die Wut etwas zu dämpfen.

Zwanzig Minuten später erhielt er eine zweite.

Du willst dir doch nicht die Gelegenheit entgehen lassen, einer blöden Fotze, die dich unmöglich macht, die Leviten zu lesen? Samstag, vierzehn Uhr, bei mir.
Marion.

Auch diese Nachricht vernichtete er ohne Reaktion.

Die dritte ließ nicht lange auf sich warten.

Was bist Du? Ein Mann oder eine Maus, ohne Eier in der Hose? Soll ich herumerzählen, daß ich dir schon seit langem ungeniert auf der Nase herumtanze? Allein für diese Drohung solltest du mich schon bestrafen. Samstag, vierzehn Uhr, bei mir!
Marion.
PS: Wenn du jetzt nicht reagierst, schicke ich eine Mail an alle, die es in sich hat!

Da er ihr eine solche Ruchlosigkeit wirklich zutraute, entschloß er sich, zu antworten.

Ich komme am Samstag zu dir. Mache dich auf was gefaßt!

Der zweite Satz war eine dieser leeren Drohungen, die man so dahin sagt, ohne selbst zu wissen, was man eigentlich damit andeuten will. Wobei er nicht daran dachte, daß es gar nicht so sehr darauf ankommt, ob jemand bereit ist, eine Drohung wahrzumachen, sondern daß der andere davon überzeugt sein muß, daß sie in die Tat umgesetzt wird. Marion war der feine Unterschied bewußt und ihre Taktik war aufgegangen.

Die Antwort kam prompt.

Das werde ich auch!

Marion.

Für den Rest der Woche gingen sie sich aus dem Weg, das heißt, vor allem mied er ihre Gegenwart, wo er nur konnte, und erhielt auch keine Nachrichten mehr von ihr, die sich nicht auf die Arbeit bezogen.

Am Samstag war seine Wut weitgehend verraucht und er wertete ihre Aufforderung mehr als unkonventionelles Versöhnungsangebot, weil sie am Ende doch eingesehen hatte, daß sie diesmal zu weit gegangen war. Sie war in manchem nun einmal anders als andere Frauen.

Nur wenig nach zwei Uhr am Nachmittag klingelte er bei ihr. Es war das erste Mal, daß er sie besuchte, obwohl er ihre Adresse schon länger kannte.

Sie machte ihm fast sofort auf. Ihr freundliches Lächeln, der schwarze Ledermini, die helle Bluse, halb aufgeknöpft, so daß er den Ansatz ihres üppigen Busens und den Schatten ihres BHs aus schwarzer Spitze sehen konnte, sowie ihre schwarzen Lack-High-Heels, durch die sie ihn überragte, ließen das Versöhnungsangebot wahrscheinlich sein.

»Freut mich, daß du meiner Einladung gefolgt bist«, sagte sie und ihr freundliches Lächeln mutierte zu einem selbstgefälligen Grinsen. Sie konnte es einfach nicht lassen!

»Wenn sie von derart überzeugenden Argumenten begleitet wird«, erwiderte er bissig und schämte sich sogleich beinahe dafür.

»Wenn man sich dir gegenüber schon beschissen genug verhält und du nicht reagierst, muß man sich eben noch etwas beschissener verhalten«, meinte sie ungerührt.

Sie unternahm offenbar alles, um ihn erneut wütend zu machen. Was bezweckte sie damit? Das kam ihm nicht wie ein Versöhnungsversuch vor.

»Davon verstehst du was«, meinte er bitter. »Warum hast du meine Idee geklaut?«

»Um dich zu ärgern«, gab sie offen zu und sah ihn mit einem unverschämten Grinsen an. »Es macht mir einfach Spaß, dich zu ärgern. Du bist so nett und hilfsbereit, immer für einen da, hat man ein Problem. Die Kollegen mögen dich alle, manche mehr, einige zwar weniger, was ebenfalls zu deinen Gunsten spricht, denn wenn alle einen gleichermaßen mögen, ist das so, als würde niemanden einen mögen, aber niemand verliert ein wirkliches böses Wort über dich. Außerdem bist du der einzige der männlichen Kollegen unserer Abteilung, der noch nie versucht hat, mich anzubaggern und manche gehen dabei echt plump vor, aber das ist ein anderes Thema, mit ich umgehen kann. Daher reizt es mich besonders, ekelhaft zu dir zu sein. Natürlich würde ich das nie in Gegenwart anderer sein. Denn dann würden sie sich gegen mich wenden. Ich mag es mitunter, ein Biest zu sein, besonders, weil du nie etwas gegen mich unternommen hast.«

»Das war ein Fehler«, gab er ehrlich zu und ließ dabei offen, ob er sich damit nur darauf bezog, daß er ihr nie wirklich die Meinung gesagt hatte, oder auch darauf, daß er nie mit ihr geflirtet hatte.

»Darum gebe ich dir heute die Chance, diesen Fehler

wett zu machen. Mir ist das nämlich langsam langweilig, daß du mir gegenüber so duldsam bist. Das kränkt mich schon in meiner Eitelkeit.«

»Und wie soll ich, deiner Meinung nach, diesen Fehler wettmachen?« fragte er bissig.

»Du wolltest mir doch meinen fetten Arsch versohlen«, erwiderte sie mit einem breiten Grinsen und er wunderte sich, wie genau sie seine Drohung behalten hatte, die er längst vergessen hatte. »Diese Möglichkeit und was du am liebsten noch so mit mir machen würdest, biete ich dir heute.«

»Und wenn ich dich jetzt einfach vergewaltigen würde«, drohte er halb gespielt, halb echt, denn sexuelle Lust verspürte er durchaus bereits länger auf sie, nur ihr Verhalten ihm gegenüber hatte es ihn bisher als wenig reizvoll erscheinen lassen.

»Auch darin bräuchtest du dir keinen Zwang anzutun, verdient hätte ich es nicht weniger«, ließ sie keinen Zweifel daran, daß sie es genießen würde.

Da eine Vergewaltigung grundsätzlich das Nichteinverständnis der Gegenseite voraussetzte, würde es letztlich keine wirkliche sein, und doch setzte ihn ihre Gelassenheit nicht wenig in Erstaunen. Nahm sie ihn etwa wieder nicht richtig ernst oder – er dachte den Gedanken vorläufig nicht zu Ende.

»Ich meine, du wärst letztlich ein Weichei, wenn du dich nicht an mir rächst und wäre dem tatsächlich so, müßte ich mich schon sehr in dir getäuscht haben«, fuhr sie fort, weil er immer noch zögerte.

Natürlich würde er sich gerne schadlos an ihr halten, aber was nutzte es, wenn er sie einfach verprügelte – beispielsweise?

»Damit du nicht meinst, ich verarsche dich weiterhin, obwohl es mich durchaus reizt, zeige ich dir etwas.«

Sie führte ihn ins Schlafzimmer, in dem ein breites Metallbett, ein großer Spiegelschrank, eine alte wuchtige Kommode und ein zierlicher Frisiertisch die Haupteinrichtungsgegenstände bildeten und einige gerahmte erotische Zeichnungen die Wände zierten. Auf dem Parkett lag kein Teppich. Sie zog die mittlere Kommodenschublade auf. Er war im ersten Moment zwar leicht überrascht aber wirklich wunderte es ihn nicht, als verschiedene lederne Hand- und Fußfessel, Knebel, Augenbinden, Seile, Spreizstangen, Brust- und andere Klammern, kleine Gewichte, die in die Klammern eingehängt werden konnten und diverse Gerten zum Vorschein kamen. Das überzeugte ihn, daß ihr Wunsch nach Bestrafung nicht nur so dahin gesagt war. Zugleich beflügelte dieses Sortiment seine Fantasie. Sein latenter Sadismus, den er schon länger nicht mehr ausleben konnte, erwachte und ohne es zu wollen wurde der Wunsch, sie zu bestrafen, übermächtig. Die Aussicht, sie mit diesem Arsenal für all die kleinen und großen Sticheleien und vor allem für ihren Ideendiebstahl zu ›quälen‹, war zu reizvoll als sie sich entgehen zu lassen, abgesehen davon, daß sie unverkennbar nach Bestrafung lechzte, was ihm bereits jetzt die größte Freude bescherte. Es gab für ihn kaum etwas Schöneres als eine Frau, die unter seinen ›Mißhandlungen‹ die größten Wonnen empfand.

Zum ersten Mal seit sie sich kannten, waren sie einer Meinung. Er wollte sie bestrafen und sie wollte sich von ihm bestrafen lassen. Er bemerkte nicht einmal, daß seine ursprüngliche vermeintliche Abneigung ihr gegenüber mit einem Schlag verschwunden war.

»Du siehst richtig, ich bin eine abgrundtief perverse

Schlampe«, sagte sie mit unüberhörbarem Stolz und trat einen Schritt zurück, die Hände beinahe brav im Schoß gefaltet und ließ ihn den Inhalt der Schublade in Ruhe inspizieren.

Er nahm lederne Handfesseln und einen doppelten Karabinerhaken heraus. Er drehte ihr die Hände etwas unsanft auf den Rücken und legte ihr die Lederfesseln an, die er mit dem Doppelhaken fixierte. Sie ließ es bereitwillig geschehen, begleitet von einem zufriedenen Schmunzeln, das er zum Glück nicht sehen konnte. Endlich hatte sie ihn, wo sie ihn wollte und würde von ihm das bekommen, was er ihr schon lange ›schuldete‹.

»Runter auf die Knie«, befahl er und übte zugleich spürbaren Druck auf ihre Schultern aus, denn er hatte das Bedürfnis, ihr Schmerzen zuzufügen.

Sie folgte brav. Ein wohliges Kribbeln durchlief sie bei seinem festen Griff. Er legte Fußfesseln um ihre schönen schmalen Fesseln und ließ es sich nicht nehmen, ihre Beine zärtlich durch den dünnen Stoff ihrer Halterlosen zu streicheln, was ihm wiederum ein wohliges Gefühl von den Fingerspitzen ausgehend bescherte. Er verband die Fußfesseln untereinander mit einer kurzen, nur vier Glieder zählenden Kette. Mit einer zweiten kaum längeren Kette verband er Fuß- und Handfesseln miteinander. Sie mußte sich auf ihre Fersen setzen, länger reichte die Kette nicht.

Sie auf dem harten nackten Parkett eine Zeitlang knien zu lassen, würde ihr guttun.

In dieser Haltung gefiel sie ihm. Sie sah sehr reizvoll aus und konnte nicht mehr viel ohne seine Hilfe machen, nicht aufstehen und ihre Haltung kaum verändern. Das war natürlich erst der Anfang. Sie hatte die Brust vorgeschoben. Der Ledermini war so weit hochgerutscht, daß der breite mit Spitze besetzte Rand ihrer Halterlosen vollständig zu sehen war, ebenso, daß sie darunter nichts trug.

Sie sah ihm interessiert zu, wie er den Inhalt der Schublade weiterhin untersuchte. Er ließ sich Zeit. Nahm mal das eine, mal das andere Stück heraus und sah immer wieder zu ihr.

Als Nächstes verband er ihr die Augen mit einer breiten, mit Nieten besetzten ledernen Augenbinde. Den Abschluß bildete ein leuchtend roter Ballknebel, dessen Riemen er straff in ihrem Nacken zusammenzog.

Er nahm eine der Reitgerten und ließ sie probehalber durch die Luft sausen. Das Geräusch ließ sie leicht zusammen zucken. Er probierte eine weitere und ließ nun diese kaum eine handbreit rechts neben ihr hinuntersausen. Sie zuckte schon merklicher zusammen. Er wiederholte es insgesamt viermal. Jedesmal zuckte sie zusammen, aber sie protestierte nicht. Da es ihm zu banal erschien, sie bereits jetzt zu schlagen, allein schon wegen der vielen anderen schönen Sachen in der Schublade mit denen man interessantere Dinge machen konnte, legte er die Gerten wieder zurück und ließ nur eine mit sichtbaren Gebrauchsspuren oben auf der Kommode liegen.

Aus Neugierde, ob sich in der Schublade darüber und der darunter Ähnliches verbarg, öffnete er zuerst die obere.

Diese enthielt ›lediglich‹ zarte Dessous und überwiegend halterlose Strümpfe, aber auch Strumpfhosen, denen er durchaus etwas Erotisches abgewinnen konnte. Er nahm zwei oder drei Wäschestücke heraus und roch daran. Sie duften frischgewaschen. Getragene Wäsche war eindeutig betörender. Wohlig stellte er sich vor, an einem Höschen zu riechen, das sie den ganzen Tag über getragen hatte. Er schloß die Schublade und öffnete die untere. Ihr Inhalt war schon interessanter. Neben drei Paaren langer enganliegender Handschuhe aus fast stoffweichen Leder in Schwarz und Rot, denen anzusehen war, daß sie häufig getragen wurden, befanden sich mehrere Dildos und drei Latexslips mit jeweils zwei Innendildos darin. Hätte er den Inhalt vorher gekannt, hätte er sie die schwarzen Handschuhe anziehen lassen. Lange enganliegende Lederhandschuhe bei einer Frau empfand er als hocherotisch, besonders liebte er es damit am Schwanz berührt und zum Orgasmus gebracht zu werden. Die Handflächen der roten sahen aus, als hätte sie genau das bereits häufiger mit ihnen getan, was seine Fantasie erneut beflügelte. Nun, es würde sich sicherlich noch eine Gelegenheit dazu ergeben. Er schloß die Schublade wieder und nahm aus der darüberliegenden zwei Brustklammern und zwei mittlere Gewichte.

Er hockte sich vor sie und legte die Klammern und die Gewichte neben sich. Er zögerte etwas, ihr die Bluse aufzuknöpfen und den BH zu öffnen. Ihre Brüste hoben und senkten sich erwartungsvoll, etwas Speichel lief ihr bereits aus dem rechten Mundwinkel. Er glaubte, sie habe am Geräusch, das die Klammern und die Gewichte beim Ablegen auf dem Parkett verursachten, erraten, was er plante. Bequem war ihre Stellung nicht, aber ihr gefiel, wonach ihm war. Es war nicht das erste Mal, daß er eine Frau fesselte, nur leider hatte sich lange keine Gelegenheit mehr dazu geboten. Gerne brachte er eine gefesselte Frau bis kurz vor den Höhepunkt, hörte mehrfach kurz vorher auf, was auch eine Art von Folter war. Aber mit Marion war es doch etwas anders, denn für sie sollte es so unbequem wie möglich sein und er wollte ihr weh tun, vor allem mit System.

Früher sollte Folter dem Delinquenten ja auch keine dauerhaften Schäden zufügen und somit einer Bestrafung vorgreifen, sondern ihn eines Besseren belehren, hatte er einst in einem Bericht über mittelalterliche Foltermethoden gelesen.

Mit leicht zitternden Fingern knöpfte er ihr die Bluse auf und schob den Stoff von ihren Brüsten. Ihr BH besaß die Schließe vorn. Er mußte schmunzeln. Sie hatte offenbar an eine solche Möglichkeit gedacht. Er gab sich einen inneren Ruck und öffnete ihn. Die beiden Hälften fielen zur Seite. Sie schob ihm den üppigen, etwas schweren Busen mit den großen rosigen Warzen fast selbstverliebt entgegen.

Zuerst wollte er der Versuchung, sie zu streicheln, nicht nachgeben, aber dann schalt er sich einen Narren. Sie war ihm ausgeliefert, warum sollte er es nicht nutzen? Sie würde ihn sicherlich zu Recht einen Kretin nennen, tat er es nicht. Daß er sie irgendwann später ficken würde und es auch wollte, wußte er und auch daß sie wenig dagegen machen würde, weil sie es ebenfalls wollte und noch mehr von ihm erwartete, was sein Herz schneller schlagen ließ, obwohl er noch auf dem Weg zu ihr davon überzeugt war, daß es das Letzte wäre, was er wollte.

Er beugte sich über ihren, in seinen Augen schönen Busen und berührte mit der Zunge die Brustwarzen. Sie zuckte unter seiner Berührung leicht zusammen, seufzte leise lustvoll auf und schob ihm die Brust noch etwas mehr entgegen – was für ein raffiniertes Biest!

Jetzt war es für ihn noch deutlicher, daß sie ihn die ganze über Zeit nur provozieren, letztlich nichts anderes wollte, als mit ihm zu ›spielen‹. Er war nie darauf eingestiegen. Er begann ungern eine Affäre mit einer Kollegin und je mehr sie ihn provoziert hatte, desto weniger Lust hatte er auf sie verspürt. Doch jetzt war es anders. Er hatte große

Lust auf sie bekommen. Das durch ihr Verhalten ihm gegenüber abgekühlte Begehren war wieder erwacht.

Er leckte ihre Brustwarzen, umspielte sie mit der Zunge und biß ab und zu leicht hinein, wobei sie jedesmal leicht zusammenzuckte und, durch den Knebel leicht verzerrt, lustvoll seufzte.

Nachdem er eine Weile ihre Brüste liebkost hatte, ließ er von ihnen ab und hob den Blick. Der Speichel lief ihr nun stärker aus dem Mund und am Kinn hinunter. Er leckte ihn ab, als handelte es sich um wohlschmeckenden Nektar. Sich an ihr zu bedienen wurde langsam selbstverständlich für ihn.

Er befestigte die Brustklammern an ihren Brüsten, sie schnurrte leise, und hing die beiden Gewichte ein. Sie verzog schmerzlich das Gesicht und stöhnte leicht vor Schmerz auf. Die Gewichte zogen ihre Brüste spürbar nach unten. Er überlegte, ob er noch ein zweites Paar Gewichte einhängen sollte. Aber er unterließ es vorerst. Er wußte nicht, wieviel Schmerzen sie an den Brüsten ertragen konnte, bevor sie vielleicht noch ohnmächtig wurde und auch ertragen wollte. Er befand sich ja erst am Anfang.

Er setzte sich auf die Bettkante. Sie kniete mit dem Rücken zu ihm. Zum ersten Mal seit er sie kannte, nahm er sich Zeit, ihr schönes langes braunes Haar zu betrachten. Er widerstand der Versuchung nicht, es durch die Finger gleiten zu lassen und machte regen Gebrauch davon. Er zog ihr auch eins um andere Mal daran, so daß sie unter schmerzvollem Aufstöhnen den Kopf nach hinten beugen mußte. Dazu noch die Klammern mit den Gewichten an den Brüsten, angenehm war es nicht, und gerade deshalb gefiel es ihr. Dabei überlegte er, wie er weiter vorgehen sollte, wobei er einiges sogleich verwarf, das ihr heftige

Schmerzen verursacht hätte und ein reines Herauslassen angestauter Wut ihr gegenüber gewesen wäre, die ohnehin immer kleiner wurde.

Er stand auf, nahm ein zweites Paar Gewichte von vergleichbarer Masse und hing es zu den anderen. Sie verzog nun schmerzlicher das Gesicht, sagte aber nichts, sondern wimmerte nur leise auf. Leichte Tränen liefen unter ihrer Maske hervor, die er gleichfalls ableckte, worüber sie leise aufseufzte, als hätte er lindernde Salbe angewandt. Er bewunderte ihre Standhaftigkeit. Sie hatte Mühe, sich aufrecht zuhalten. Die Gewichte zogen ihre Brüste sichtlich nach unten. Die Gewichte mochten absolut gesehen nicht schwer sein, aber an dieser empfindlichen Stelle war das etwas anderes. Obwohl sie ihm fast schon leid tat und er spürte, daß sie am Rand ihrer Belastbarkeit stand, was ihre Brüste betraf, ließ er die Gewichte einige Zeit wirken, ehe er sie ihr abnahm. Er mußte ihr zeigen, daß er bestimmte, wie lange sie ›leiden‹ mußte. Er setzte sich ein Stück von ihr entfernt auf den Boden und betrachtete sie nun von vorn. Die leichten Tränen, die an ihren Wangen hinunterliefen, lösten in ihm kein wirkliches Mitleid aus, sondern überwiegend eines der stillen Freude. Es verschaffte ihm ein lustvolles Vergnügen, sie ›leiden‹ zu sehen, dafür hatte er sich in der Vergangenheit zu sehr über sie geärgert, aber letztlich gefiel es ihm im Wissen, daß sie es genoß.

Er wurde sich aber auch auf eine für ihn angenehme Weise ihrer Schönheit bewußt, ihres langen Haares, ihres wohlgeformten, manchem vielleicht etwas üppigen, für ihn aber sexuell umso reizvolleren Körpers. Das Gefühl der Macht über sie ließ sie ihm ungeheuer begehrenswert erscheinen.

Als er nach vielleicht zehn Minuten, weil ihm die Situation langweilig wurde und es ihr sicherlich länger als ihm vorgekommen war, die Gewichte und die Brustklammern entfernte, seufzte sie erleichtert auf. Die Stellen wo die Brustklammern gewesen waren, waren gerötet und empfindlicher geworden. Er leckte lindernd darüber. Sie zuckte zusammen, seufzte wieder leise auf, doch diesmal nicht vor Schmerz. Er schloß den BH wieder, auch auf die Gefahr hin, daß der Stoff über die geröteten Stellen scheuerte. Er leckte ihr die Tränen von den Wangen und den Speichelfaden aus dem Mundwinkel, dabei war er versucht, ihr den Knebel abzunehmen, ihre Lippen mit seinen zu massieren und ihr die Zunge tief in den Mund zu schieben und ihre zu umspielen, dann löste er die beiden kurzen Ketten von den Fesseln.

»Du kannst aufstehen.«

Sie stand mit steifen Gliedern auf. Es fiel ihr schwer, auf ihren hohen Absätzen stehenzubleiben, ohne einzuknicken. Ihr mußten die Beine eingeschlafen sein.

Sie stand, die Hände auf dem Rücken, erwartungsvoll vor ihm. Er schob ihr den Ledermini hoch. Ihre Scham war frisch und sorgfältig rasiert. Ihre Schamlippen glänzten feucht, die inneren schauten leicht vorwitzig heraus. Er nahm eine kurze Spreizstange aus der Schublade und befestigte sie zwischen ihren Füßen. Sie stand nun leicht breitbeinig vor ihm, den ohnehin kurzen Rock fast bis zur Taille hochgeschoben.

Er befestigte jeweils eine Klammer an ihren inneren Schamlippen und hing zuerst die leichten Gewichte ein. Ihre Schamlippen wurden leicht nach unten gezogen und ihre Lubrikation verstärkte sich etwas.

Sie bot einen derart betörenden Anblick, daß er zum ersten Mal seit sie mit ihrem ›Spiel‹ begonnen hatten, eine ansehnliche Erektion bekam, die unangenehm gegen seine Hose drückte.

Die Gewichte an ihren Schamlippen schienen ihr nicht viel auszumachen. Er überlegte, ob er nicht weitere Gewichte einhängen sollte.

Ihr Speichelfluß wurde stärker und es war schon etwas vom Kinn auf ihren Busen getropft. Er leckte ihr auch diesen von Kinn und Busen.

Ein Blick auf den Radiowecker auf dem Nachttisch sagte ihm, daß sie bereits seit einer Stunde miteinander beschäftigt waren. Es war ihm kürzer erschienen.

Sein Blick fiel auf die Gerte, die er auf die Kommode gelegt hatte. Es reizte ihn nun doch, sie an ihr auszuprobieren. Vielleicht auch, um sie dafür zur Rechenschaft zu ziehen, daß er durch sie eine ziemlich starke Erektion und das Bedürfnis, sie zärtlich zu streicheln und zu verwöhnen, statt sie einfach nur durchzuficken, wie es einer wie ihr gegenüber angebracht war, bekommen hatte. Er mußte sie ja nicht auf den nackten Hintern schlagen. Der Ledermini würde die Schläge leicht mildern, vermutlich verhindern, daß sichtbare Striemen zurückblieben, aber wenn die Schläge kräftig genug waren, dennoch schmerzhaft genug sein. Er wollte ihr Schmerzen zufügen, jedoch ohne daß Spuren zurückblieben, was sie sicherlich ärgern würde. Er konnte sich gut vorstellen, daß sie deutlich sichtbare Spuren liebte und sie wie Trophäen behandelte. Er erinnerte sich an eine Ex, die aufgeplatzte, blutige Striemen geradezu liebte und es als ›Strafe‹ und ›Mißachtung‹ empfunden hatte, wenn er nicht so weit gegangen war.

Er nahm die Gerte und führte damit einige Schläge durch die Luft. Unter dem Geräusch zuckte sie erneut leicht zusammen.

»Findest du, daß du noch mehr Strafe verdient hast«, fragte er sie scharf.

Sie nickte, ohne zu überlegen. Er ließ die Gerte wieder niedersausen.

»Meinst du, zehn Schläge wären genug?«

Sie reagierte nicht.

»Fünfzehn?«

Sie reagierte wieder nicht.

»Zwanzig?«

Langsam wurde ihm etwas mulmig. Er meinte, daß zwanzig gut gezielte, kraftvolle Schläge mit einer Gerte wie diese fürs Erste schmerzlich genug wären. Ihm war bewußt, daß sie harte Schläge von ihm erwartete. Sie reagierte wieder nicht. Vielleicht wollte sie, daß er die Zahl selbst festsetzte.

»Dreißig?«

In seiner Stimme schwang spürbar die Bitte mit, diese Zahl zu akzeptieren. Zu seiner Erleichterung nickte sie.

»Gut, dreißig Schläge wollte ich dir sowieso geben. Wohin möchtest du sie? Über die Brüste?«

Er dachte natürlich keinen Augenblick daran, sie an einer dermaßen empfindlichen Stelle zu schlagen, zumal er sie mit den Klammern und den Gewichten dort schon genug ›gequält‹ hatte. Sie hatte bestimmt ebenso wenig daran gedacht, denn sie zuckte merklich und verängstigt zusammen. Sollte sie sich so in ihm getäuscht haben?

»Nicht? Über deinen fetten Bauch?«

Sie war zwar erleichtert, aber diese Stelle war ihr verständlicherweise auch nicht lieber.

»Ich glaube, dein breiter Arsch, der eines Brauereipferdes würdig wäre, ist sowieso die exponiertere Stelle. Das bringt ihn vielleicht etwas in Form. Und die nächsten Tage nicht richtig sitzen zu können, wäre gar keine so üble Sache für dich.«

Ihre Haltung zeigte ihm ihre Erleichterung, daß er sich lediglich ihres üppigen Hinterteils bedienen wollte, auf das sie ebenso wie auf ihren Busen stolz war, schließlich bevorzugte sie nicht ohne Grund enge Hosen und Röcke.

Er nahm ihr die Klammern von den Schamlippen. Dann löste er den Doppelkarabinerhaken von den Handfesseln. Er führte sie zum Fußende des Bettes. Sie mußte sich vornüber beugen und sich darauf stützen. Dann befestigte er die Handfesseln mit einem Stück Seil daran.

Er schob ihr den Ledermini wieder über den bildhübschen drallen Po, der an sich Liebkosungen und keine Schläge verdiente, aber da er ihr gehörte, mußte er leider Schläge aushalten.

Sie stand ihm den Hintern erwartungsvoll entgegengestreckt da. Sie war anscheinend etwas enttäuscht, daß er sie nicht auf den nackten Hintern schlagen und sie so um das Vergnügen gut sichtbarer Spuren bringen wollte.

Er nahm die Gerte in die Hand, setzte zwei-, dreimal zu einem Schlag an, den er aber nicht durchführte. Er wußte nicht, wie kräftig er zuschlagen sollte und vor allem konnte. Er wollte ihr zwar alles bisherige heimzahlen, aber er wollte ihr auch keine für sie tatsächlich unerträglichen Schmerzen zufügen.

Er holte zum ersten Schlag aus, den er auch durchführte. Es klatschte laut auf ihren lederbedeckten Po, aber sie zuckte nicht einmal zusammen. Der nächste Schlag fiel spürbar stärker aus. Sie reagierte aber kaum merklicher. Der dritte war noch um einiges fester und klatschte verdammt laut. Sie zuckte nun doch sichtlich zusammen. Er schien die richtige Schlagstärke gefunden zu haben. Für sich allein mochte der Schlag noch nicht so schmerzhaft gewesen sein, aber sechsundzwanzig weitere würden ihre Wirkung schon entfalten.

Er führte die nächsten fünf in relativ schneller Folge. Das laute Klatschen hatte etwas für sich. Es verschaffte ihm Genugtuung für ihre Frechheiten. Es war schön, etwas wirklich tun zu können, was er sich in der letzten Zeit häufig gewünscht hatte, ohne freilich zu hoffen, es jemals in die Tat umsetzen zu können. Sie hatte sich ihm ausgeliefert und warum sollte sie nicht für kurz das Gefühl bekommen, damit keinen sehr überlegten Schritt getan und ihn unterschätzt zu haben.

Mit den nächsten fünf Schlägen ließ er sich mehr Zeit. Es wurde langsam anstrengend. Vielleicht hätte er ihr doch auf den nackten Hintern schlagen sollen, dort hätte er mit weniger Kraftaufwand das gleiche Ergebnis erzielt.

Sie blieb standhaft, ja, streckte ihm sogar noch einladender als bisher den Hintern entgegen, was er schon wieder bewunderte.

Die letzten sieben Schläge genossen beide ausgiebig. Er ließ sich Zeit und suchte sich die Stellen, wo der einzelne Schlag landen sollte, sorgfältig aus. Sie bemühte sich, stillzustehen.

Den letzten Schlag führte er aus einem Impuls heraus kräftiger als alle anderen aus. Er mußte auf ihrem bereits etwas geschundenen Hinterteil besonders schmerzhaft sein. Denn der war für den Ideenklau, den er fast schon vergessen hatte. Sie zuckte nun deutlich zusammen und ging leicht in die Knie, Tränen liefen ihr über die Wangen. Als er den Schlag geführt hatte, wunderte er sich fast schon, daß die Gerte dabei nicht zerbrach. Ihm tat der Schlag in seiner Heftigkeit fast schon leid, aber auch nur fast.

Er legte die Gerte auf die Kommode zurück.

Noch mehr Schläge wären auch ihm zu anstrengend gewesen. Er hatte das Hemd leicht durchgeschwitzt. Schlagen konnte ganz schön anstrengend sein.

Er schob ihr den Ledermini vom geschundenen Hinterteil, auf dessen Röte jeder Pavian neidisch geworden wäre. Der letzte Schlag war so kräftig gewesen, daß er langsam eine deutliche Spur hinterließ. Ansonsten war ihre Haut unversehrt.

Als Erstes löste er die Spreizstange und band ihr die Hände vom Bett los. Als letztes nahm er ihr Augenbinde ab und den Knebel aus dem Mund. Ihr war nicht nur Speichel herausgelaufen, sie hatte richtiggehend gesabbert. Tränen standen ihr in den Augen, aber nicht nur vor Schmerz, wenngleich ihr die Schläge wirklich weh getan hatten. Aber sie hatte es ohne jeden Zweifel verdient. Ein starkes Gefühl der Zuneigung überkam ihn und er begann etwas zu bedauern, sie ihr gegeben zu haben, aber nur etwas.

Sie sah ihn kurz an und fiel ihm in die Arme. Er hielt sie fest und freute sich, sie in den Armen zu halten, als hätte er nichts anderes gewollt, seit er sie kannte. Er streichelte ihr durchs Haar, leckte ihr den Sabber und die Tränen aus dem Gesicht.

Etwas später hatte er mit ihr den besten Sex seit langem. Sie erwies sich als sehr ausdauernd. Beim ersten Mal ejakulierte er schon nach wenigen Stößen begleitet von einem langen lustvollen Seufzer und leisem Grunzen in ihr, was sie mit einem selbstzufriedenen Grinsen registrierte und seine Lust auf sie mehr anfachte als stillte.

Die nächsten Stunden konnte sie zwar nicht richtig sitzen und auch an anderer Stelle verspürte sie ein leichtes

Wundsein, sie schien seine Ausdauer unterschätzt zu haben, aber das machte ihr offenbar nicht aus.

Sie war durch diese verdiente ›Strafe‹, wenn auch nicht wirklich brav ihm gegenüber, so doch zahmer geworden. Zumindest klaute sie keine Ideen mehr von ihm und gab sie als ihre aus. Vermutlich lag es daran, daß sie, wenn sie es mal wieder etwas zu toll getrieben hatte, sich von ihm bereitwillig ›bestrafen‹ ließ, er nun nichts mehr zwischen dem Schlaginstrument und ihrer Haut brachte, und sie sich anschließend stets sehr dankbar zeigte. Auch vor den Kollegen ließen sie keinen Zweifel mehr daran, daß sie ein Paar waren. Es wurde sich nur noch darüber gewundert, daß es von seiner Seite so lange gedauert hatte.

Hausputz

Die ins Schlafzimmer scheinende Frühlingssonne kitzelte Ines im Gesicht und weckte sie auf diese Weise. Sie fühlte sich wundervoll ausgeruht. Das morgendliche Konzert der Vögel war im vollen Gang, der durch das leicht geöffnete Fenster hereinströmende Luftzug spielte mit der Gardine. Sie fühlte, daß es ein besonderer Tag war und nicht nur, weil heute ihr Urlaub begann. Sie hatte sich für den ersten Tag einiges vorgenommen, jedoch nur, damit sie ihn ab morgen unbeschwert genießen konnte.

Schwungvoll schlug sie die Decke zurück. Nach einer belebenden Dusche fühlte sie sich endgültig bereit, dem Tag ins Auge zu sehen und sich ihrem Vorhaben zu stellen.

Bisher war ein Hausputz für sie in erster Linie eine lästige Pflichtübung, der sie sich stets so schnell wie möglich entledigt hatte. Doch dann hatte ihr die beste Freundin erzählt, wie sie aus dem langweiligen Prozedere des Hausputz eine auf vielfältige Weise anregende Tätigkeit machen könne. Ursulas Mund hatte dabei ein derart verklärtes Lächeln umspielt, das Ines neugierig auf das ›Geheimrezept‹ der Freundin machte.

Sie müsse sich lediglich sexy dabei fühlen, ein fetischistisches Vergnügen daraus machen, hatte sie mit einer Miene geäußert, als hätte sie das Nonplusultra entdeckt, was Ines' Skepsis erst recht genährt hatte.

Dafür sorgen, daß man sich sexy fühlte? Beim Hausputz womöglich? Gab es überhaupt etwas, das weniger sexy als

Hausputz war? Für Ines schien es ein Widerspruch in sich zu sein. Und dann auch noch ein fetischistisches Vergnügen? Hausputz war durchaus für manche Leute ein Fetisch, aber es sah nicht so aus, als ob es für sie wirklich ein Vergnügen war. Diese Art ›Fetisch‹ meinte die Freundin aber sicherlich nicht. Fetischismus war in ihrer Welt ausschließlich erotisch besetzt. Was Ines den Ausspruch noch weniger verständlich machte.

Sie müsse etwas anziehen, worin sie sich besonders sexy fühle, betonte Ursula, der der skeptische Blick der Freundin nicht entgangen war. Bei ihr seien es ein knappes Oberteil, halterlose Strümpfe, ein schwarzer Ledermini, von dem sich problemlos behaupten ließe, daß er für einen Rock zu kurz und für einen Gürtel zu breit sei und den sie nie in der Öffentlichkeit tragen würde, da er kaum ihren Hintern bedeckte, dazu High Heels mit mindestens zwölf Zentimeter hohen Absätzen, und das nicht nur, weil man so leichter an die oberen Regalbretter reichte. Fast bis zum Schritt reichende Stiefel seien das Sahnehäubchen, das sie sich nur zu besonderen Gelegenheiten gönnte, wobei sie im Nebel ließ, um welche besonderen Gelegenheiten es sich handelte. Ursula maß einen Meter vierundsechzig, Ines dagegen über zehn Zentimeter mehr, wodurch sich für sie das Problem auch auf flachen Sohlen an die oberen Regelreihen zu kommen, bisher nur selten gestellt hatte. Abgesehen davon gab es ja noch Trittleitern. Ursula trug nicht nur wegen ihrer Größe überwiegend sehr hohe Absätze, Ines dagegen nur hin und wieder. Hohe Absätze waren für sie das Sahnehäubchen, das *sie* sich nur zu ›besonderen‹ Gelegenheiten gönnte, bei denen sie auch nur wenig darauf laufen mußte.

Ines schmunzelte unfreiwillig, als sie sich vorstellte, wie Ursula auf diese Weise gekleidet ihren Hausputz erledigte, empfand es aber auf den zweiten Blick als durchaus reiz-voll.

Eine gute Bekannte, fuhr Ursula fort, hätte sich sogar ein Dienstmädchenkleid aus schwarzem Gummi gekauft, in dem sie ihren Hausputz verrichtete und nicht nur, weil sie ohnehin einen ausgeprägten Fetisch für dieses Material be-saß und es zu jeder sich bietenden Gelegenheit und auch sonst trug, letztlich täglich. Ines wußte, daß diese Bekannte einen riesigen Kleiderschrank nur mit Gummibekleidung besaß und ihr Gummifetischismus ihr liebstes Ge-sprächsthema war, was für diejenigen, die keine wirkliche Affinität dazu besaßen, schnell ermüdend wurde. Fast be-wunderte sie sie dafür, daß sie sich ihrem Fetisch so leiden-schaftlich und genießerisch hingeben konnte.

Zuerst hatten Ursulas Ausführungen sie amüsiert. Doch je länger sie darüber nachdachte, desto reizvoller erschien ihr der Gedanke. Fühlt man sich sexy, fühlt man sich auch gut und wenn man sich gut fühlt, empfindet man auch an-sonsten lästige Verrichtungen als gar nicht mehr so schlimm. Doch so weit, sich ein Dienstmädchenkleid anzu-schaffen, ganz gleich, ob aus Gummi oder einem anderem haptisch schönen Material, wäre ihr nie in den Sinn ge-kommen. Sie fand ein Kleid von diesem Schnitt prinzipiell nicht unbedingt sexy, es belustigte sie eher, weil es für sie ein reichlich abgegriffenes Klischee bediente – sexy war in ihren Augen andere Kleidung, so wie Ursula sie beim Hausputz offenbar trug, oder ein enges, elegantes Kleid aus Gummi beispielsweise.

Und dann hatte sie vor wenigen Wochen in einem Online-Shop für Fetischbekleidung, diesen betörenden Kittel aus weißem Gummi mit dreiviertellangen Ärmeln entdeckt. Der würde wirklich sexy bei der Hausarbeit wirken. Ein richtiger Kittel war es eigentlich nicht, er erinnerte sie nur an einen solchen, weil er vorne durchgehend geknöpft wurde, vom Schnitt ein enges Kleid. Sie hatte ihn sofort bestellt, obwohl sie eigentlich kaum eine besondere Leidenschaft für Gummi hegte, wenngleich es ihr haptisch durchaus gefiel, wurde von einem Faible für Gummihandschuhe abgesehen, die für sie das einzig wirklich erfreuliche an Tätigkeiten wie Spülen und Putzen waren und mit denen sie sich auch gerne streichelte, weil es ihr das Gefühl vermittelte, von jemand anderem berührt zu werden und sie durch die leicht rauhen Griffflächen leichter zum Orgasmus kam.

Nun war der Gummikittel geliefert worden und er sah in natura noch besser aus als auf den Fotos. Außerdem roch er gut, so schön nach Gummi, so schön, wie ihre geliebten Gummihandschuhe. Sie würde halterlose schwarze Strümpfe und ihre schwarzen zehenfreien Lack-High-Heels mit den etwas mehr als zwölf Zentimeter hohen schlanken Absätzen dazu anziehen, die sie erst wenige Male auch außerhalb des Schlafzimmers getragen hatte. Das sollte von nun an ihre ›Hausarbeitskleidung‹ sein.

Nachdem sie ihre neue ›Hausarbeitskleidung‹ trug, das Gummi fühlte sich toll auf der nackten Haut an, es war ein schönes weiches, und reichte ihr leicht bis über die Knie, nahm sie wie jeden Morgen ein frugales, schnelles Frühstück zu sich, band das lange, dichte aschblonde Haar nachlässig im Nacken zusammen, schminkte sich die Lippen – ohne aufgetragenen Lippenstift, fühlte sie sich nackt – warf zufrieden einen kurzen Blick in den großen Spiegel und machte sich fröhlich vor sich hinsummend an die Hausarbeit.

Fensterputzen stand als Erstes auf dem Programm, damit die Frühlingssonne ungehindert hereinscheinen konnte.

Sie holte Eimer, Schwamm und Putzlappen aus dem kleinen Eckschrank im Flur und öffnete eine Packung Haushaltshandschuhe aus rosa Gummi mit extralangen Stulpen. Sie hatte einige Zeit gebraucht, bis sie diese gefunden hatte. Die Stulpen der meisten Gummihandschuhe waren ihr zu kurz. Da sie in der Regel schwungvoll mit dem Putzwasser hantierte, war es unvermeidlich, daß stets etwas davon von oben in die Gummihandschuhe lief. Es hätte sie nicht sehr gestört, schließlich trug sie Gummihandschuhe in erster Linie, weil sie sie gerne trug, doch die meisten Putzmittel verursachten ihr schnell einen unangenehmen Juckreiz auf ihrer relativ empfindlichen Haut, was nun wirklich sehr unsexy war.

Sie streifte die enganliegenden rosa Gummihandschuhe, die beim Auspacken ein besonders intensives Gummiaroma mit einem Hauch Vanille verströmten, mit fast zärtlicher Selbstvergessenheit über. Die Stulpen reichten ihr bis zu den Ellbogen und somit auch über die engen Ärmel des Gummikittels. Sie strich sich sanft mit dem Handrücken über die Wange, um das weiche Gummi auf der Haut zu spüren. Dann gab sie sich einen Ruck, stellte den Eimer ins Waschbecken und ließ warmes, fast schon heißes Wasser hineinlaufen.

Sie machte das Wasser so heiß wie gerade noch erträglich, denn durch das schützende Gummi konnte es ein ganzes Stück wärmer sein. Außerdem liebte sie es, leicht in Gummihandschuhen zu schwitzen. Das tat ihrer Haut gut und vermittelte ihr ein Gefühl von feuchter Behaglichkeit.

Als der Eimer zur Hälfte gefüllt war, gab sie ein mildes Putzmittel für die Fenster hinein – für den Boden verwendete sie ein schärferes – und widmete sich mit Eimer,

Schwamm und Lappen bewaffnet zuerst dem Schlafzimmerfenster.

Während sie die Gardine beiseite zog, fragte sie sich, ob der nette junge Mann von gegenüber ihr wieder so aufmerksam zusehen würde wie die letzten Male. Wie er wohl auf den neuen Kittel reagierte und ob ihm auffiel, daß er aus Gummi war? Es war drollig, wie er stets bemüht war, den Eindruck zu vermitteln, als sehe er gar nicht zu ihr hinüber. Dabei war die Straße, die sie trennte viel zu schmal, um nicht sofort zu erkennen, zu wem jemand hinübersah. Außerdem hatte er es gar nicht nötig, sie schüchtern bewundernd zu beobachten, schließlich gehörte er zu den Männern, deren Gegenwart eine Frau mochte.

Sie öffnete das Fenster, warme Luft voller Frühlingsaromen strömte ins Zimmer, und sie tauchte den Schwamm in das warme, nach Zitrone duftende, leicht schäumende und dampfende Wasser. Als sie den nassen Schwamm in ihrer naßglänzenden gummibehandschuhten Hand hielt, schmunzelte sie kurz über die vermeintlich schlüpfrige Assoziation, die ihr dabei kam. Sie schüttelte sie ab und begann, den Rahmen abzuwaschen. Für schlüpfrige Gedanken war später noch Zeit, die stellten sich ohnehin von allein ein, war man sexy gekleidet und fühlte sich so. Erst wollte sie soviel wie möglich im Haushalt erledigen, bevor sie sich ganz ihren schlüpfrigen Gedanken widmete.

Während sie zuerst den Rahmen und dann die Fensterbank abwusch, warf sie immer wieder einen Blick nach gegenüber. Doch den netten jungen Mann konnte sie nicht entdecken. Vielleicht war er auch gar nicht zu Hause. Leicht enttäuscht zuckte sie mit den Achseln.

Scheinbar zufällig bei ihrer Hausarbeit beobachtet zu werden, gab dem ganzen einen zusätzlichen Reiz. Sie stellte sich gerne vor, wie der ›zufällige‹ Beobachter den Eindruck bekommen mußte, daß sie sich im Haus immer dermaßen verführerisch kleidete.

Weil sie verschwenderisch mit dem Putzwasser hantierte, bekam ihr Gummikittel über ihrem üppigen Busen, über den er besonders angenehm eng anlag, einiges davon ab und glänzte nun feucht, wodurch sich nun leichter erkennen ließ, aus welchem Material er war.

Sie ließ sich Zeit mit dem Abwaschen des Rahmens, schaute dabei immer wieder zum gegenüberliegenden Haus.

Ihre Wohnung und die des jungen Mannes lagen jeweils in der obersten Etage der beiden Häuser, wobei seine Wohnung fast eine halbe Etage höher lag, wodurch es ihm möglich war, bequem in ihre zu schauen.

Sie überlegte schon, ob sie nicht doch die kleine Trittleiter holen sollte, obwohl sie auch so problemlos den oberen Teil des Rahmens reinigen konnte, da erblickte sie in der Fensterscheibe einen Reflex. Ihr Herz schlug schneller. Der nette junge Mann von gegenüber war ans Fenster getreten und versuchte so unauffällig wie möglich durch die Gardine zu schauen.

Ja, die Trittleiter war unbedingt notwendig, es war einfach bequemer, entschied sie und beeilte sich, sie zu holen. Sie hoffte, daß der nette junge Mann seinen Beobachtungsposten nicht verließ, obwohl das geöffnete Fenster und der Schwamm auf der Fensterbank Hinweise genug sein mußten, daß sie mit dem Fensterputzen noch nicht fertig war.

Er enttäuschte sie nicht. Als sie mit der kleinen Trittleiter zurückkam, stand er immer noch am Fenster.

Sie stieg hinauf, ihm dabei das Profil zuwendend, damit ihr üppiger Busen, den sie sehr mochte, besser zur Geltung kam und begann den oberen Teil des Rahmens abzuwaschen, was sie bereits zum dritten Mal tat. Sie bemühte sich so konzentriert wie möglich zu wirken und gar nicht wahrzunehmen, was um sie herum geschah, obschon sie sein Fenster nicht aus den Augen ließ und ihren Körper so verführerisch wie möglich in Positur brachte.

Das Stehen auf der Trittleiter ermöglichte dem netten jungen Mann problemlos, ihren Gummikittel, der sich wie eine zweite Haut um ihren leicht molligen Körper schmiegte, in voller Schönheit zu bewundern. Sie fühlte eine leichte Hitze in sich aufsteigen, was nicht allein am heißen Putzwasser lag, und die einen leichten Schweißfilm auf die Haut legte, was sich unter dem Gummi besonders gut anfühlte. Sie hätte nicht gedacht, wie erotisierend es sein konnte, leicht unter Gummi zu schwitzen, das hatte sie bisher nur bei ihren Gummihandschuhen als angenehm empfunden.

Aus den Augenwinkeln heraus sah sie, wie aufmerksam der nette junge Mann ihr zuschaute, der seine versteckte Haltung bereits so stark vernachlässigt hatte, daß kein Zweifel mehr daran bestand, daß er ihr zuschaute. Was sie dazu herausforderte, ihm noch etwas mehr zu bieten.

Das Fensterputzen war längst zur Nebensache geworden. Trotzdem ging sie das notwendige frische Wasser holen, um die Scheiben endgültig abzuwaschen.

Der nette junge Mann wartete brav ihre Rückkehr ab.

Sie stellte den Eimer mit dem frischen warmen Wasser, in das sie nur etwas Spülmittel gegeben hatte, mitten auf die breite innere Fensterbank, verschaffte sich auf der Trittleiter einen sicheren Stand, und zwar so, daß zugleich der Saum ihres Gummikittels auf Höhe der Fensterbank war. Obwohl sie ihm jetzt das Gesicht zuwandte, tat sie, als sehe ihn nicht, fixierte einen Punkt unterhalb seines Fensters. Sie tauchte den Schwamm mit beiden Händen ins Wasser. Dabei bemühte sie sich, die Arme so tief in den Eimer zu tauchen, daß die Stulpen ihrer Gummihandschuhe fast vollständig naß wurden und er beim Anblick ihrer naßglänzenden Gummihandschuhe dieselben schlüpfrigen Assoziationen wie sie entwickelte. Einen Moment verharrte sie, bevor sie den Schwamm herausholte.

Doch sie wusch mit dem triefenden Schwamm nicht die Scheiben ab, das war auch gar nicht ihre Absicht gewesen, sondern hob ihn in beiden Händen haltend ein Stück oberhalb ihres Busens auf Gesichtshöhe.

Sie konnte sich gut vorstellen, wie er jetzt den Atem anhielt, gebannt auf ihren üppigen Busen achtete, über das sich das weiße Gummi leicht dehnte und sich fragte, was sie plante, obwohl es nur wenig Möglichkeiten gab.

Sie atmete tief durch, hatte die Augen halbgeschlossen und die vollen weichen roten Lippen leicht geöffnet. Dann drückte sie den nassen Schwamm über ihrem Busen auf dem Gummikittel aus. Ein Teil des warmen Wassers lief durch die Druckknopfleiste darunter, was ein wohliges Kribbeln auf der Haut erzeugte, der Rest lief außen übers Gummi und ließ es glänzen. Nasses Gummi war noch um einiges betörender und förderte wundervoll schlüpfrige Assoziationen.

Kaum war der Schwamm ausgedrückt, tauchte sie ihn erneut ins Wasser, diesmal war sie so übermütig, die Arme zu tief ins Wasser zu tauchen, so daß es ihr von oben in die Gummihandschuhe lief. Aber das störte sie nicht. Im Gegenteil, es gefiel ihr ausnehmend gut und mit dem milden Spülmittel hatte ihre Haut keine Probleme.

Sie holte den Schwamm wieder heraus und drückte ihn erneut über ihrem Busen aus. Diesmal achtete sie darauf, daß möglichst viel davon oben in den Kragen ihres Gummikittels lief. Nasses Gummi war einfach irre! Sie fragte sich, weshalb sie sich nicht schon früher zwei oder drei Kleider aus Gummi gekauft hatte. Die Nässe zwischen ihren Beinen kam jedoch viel stärker von innen als vom Putzwasser.

Sie legte den Schwamm in den Eimer zurück und strich sich mit den Händen auf eine Weise über den Gummikittel, als streichelte sie sich nicht selbst, sondern als täte das ein Liebhaber.

Sie nahm erneut den Schwamm und wusch mit ihm endgültig die Fensterscheibe ab. Aber nicht, weil sie fand, daß das noch nötig war, sondern um dem netten jungen Mann Gelegenheit zu geben, den Anblick ihrer üppigen Formen im nassen Gummikittel und ihre naßglänzenden rosa Gummihandschuhe, die auch innen schön naß waren, ausgiebig zu genießen und seinen Fantasien die Zügel schießen zu lassen.

Sie putzte die Scheibe intensiv. So sauber war sie sicherlich noch nie gewesen. Die ganze Zeit wandte der nette junge Mann nicht den Blick von ihr, der jetzt ungeniert am Fenster stand.

Auch sie blickte jetzt immer wieder ungeniert zu ihm hinüber. Ihm mußte längst klar sein, daß sie es für sie beide tat, es ihr gefiel, wie er ihr ungeniert zusah. Sie entwickelte einen Exhibitionismus, den sie bisher bei sich in der Intensität noch gar nicht gekannt hatte.

Sie atmete tief durch. Sie hatte nicht nur dem netten jungen Mann etwas zum Schauen geboten, sondern hatte sich damit Lust verschafft, und diese angestaute Lust mußte sie unbedingt loswerden, sonst fiel sie doch noch von der Trittleiter.

Sie stieg von ihr. Ihr zitterten leicht die Knie vor Erregung. Sie setzte sich auf den Stuhl, der so stand, daß er vom Fenster des jungen Mannes problemlos zu sehen war. Sie lehnte sich entspannt zurück, legte die Rechte mit dem naßglänzenden Gummihandschuh in den Schoß und die Linke an ihren Busen und befriedigte sich genüßlich selbst. Sie wußte, daß es nicht lange dauern würde, bis ein entspannender Orgasmus sie erreichte.

Als sie spürte, wie der Orgasmus sich unaufhaltsam näherte, sah sie auf und zum Fenster des netten jungen Mannes hinüber. Sie suchte seinen Blick und lächelte ihm zu. Er sollte unbedingt wissen, daß sie ihm den bevorstehenden Orgasmus widmete und daß sie sich vorstellen konnte, das nächste Mal sein Fenster auf diese Weise zu putzen. In dem nassen Gummikittel mit innen wie außen nassen Gummihandschuhen zu onanieren, war einfach irre geil. Sie verstand nun endlich bis ins Letzte, was Gummifetischisten so an diesem Material faszinierte. Sie würde von nun an nicht nur ihre Gummihandschuhe häufiger tragen.

Der nette junge Mann erwiderte ihren Blick und sein Lächeln sagte ihr, daß er verstanden hatte.

Ihm selben Augenblick schlug der Orgasmus wie eine warme Brandungswelle über ihr zusammen.

Dermaßen sexy hatte sie sich noch nie beim Hausputz gefühlt. Den Gummikittel und die langen Gummihandschuhe würde sie ab heute wohl doch häufiger bei bestimmten Gelegenheiten tragen als beim Hausputz.

Es war gut gewesen, dem Ratschlag der besten Freundin zu folgen.

Der Egoistin Mores lehren

Lange ließ ihn ihr Verhalten gleichgültig, obwohl er es nicht in Ordnung fand, ihm ein solches Benehmen anderen gegenüber grundsätzlich zuwider war. Wenn die Männer sich von ihr auf der Nase herumtanzen ließen, so trugen sie eine gehörige Portion Mitschuld, daß sie so war. Darunter waren nicht wenige, denen er gönnte, von einer Frau derart behandelt zu werden, die in ihrer Eitelkeit nicht bemerkten, daß sie mit ihrer eigenen ›Medizin‹ konfrontiert wurden. Hätte sie sich ausschließlich an diesen Zeitgenossen gütlich gehalten, sie hätte seine uneingeschränkte Sympathie gehabt. Leider jedoch gerieten auch gutmütige, vielleicht sogar allzu naive Zeitgenossen in ihre ›Fänge‹, denen Besseres zu wünschen war, die sich aber von ihrem vermeintlichen Charme blenden ließen, obwohl sie wußten, daß sie kein Kind von Traurigkeit war, wie sie selbst bei jeder Gelegenheit betonte, in einem Tonfall und begleitet von einem Lächeln, das den Eindruck erwecken konnte – und vielleicht auch sollte – daß derjenige, dem sie gerade ihre Aufmerksamkeit schenkte, das Potential besaß, ihre Einstellung diesbezüglich zu ändern. Letztlich wurde es ihr von jeder Seite zu leicht gemacht. Dabei mied sie – ob bewußt oder unbewußt – Männer, die ihrem Verhalten etwas hätten entgegensetzen können, die problemlos in der Lage gewesen wären, die ›Wildkatze‹ wirklich zu domestizieren.

Sie war äußerlich sehr reizvoll, keine Frage, was es ihr zusätzlich erleichterte, und im Grunde sogar sein Typ wie nur wenige Frauen, denen er bisher in seinem Leben begegnet war. Sie war groß gewachsen, wußte um die Schönheit ihr langen Beine mit den muskulösen Schenkeln, betonte sie durch enge Röcke und elegantes hochhackiges Schuhwerk. Sie schlug beim Sitzen die Beine auf eine Weise übereinander, die nicht nur die Blicke auf sich zog, sondern ein wohliges Kribbeln im Nacken erzeugte. Ihre Brüste waren für seinen Geschmack etwas zu zierlich, obwohl sie alles andere als flachbrüstig war. Das mittellange schwarze, schwere Haar war von einer gepflegten Nachlässigkeit, die den Eindruck erwecken sollte, daß sie auf Äußerlichkeiten nicht wirklich Wert legte, doch die Auswahl ihrer Kleidung, die Art sich zu schminken, widersprach dem entschieden. Sie besaß schöne, stets unberingte sorgfältig manikürte Hände mit halblangen, in einem besonderen dunklen Rot lackierten Nägeln. Insgesamt also eine Frau, deren Gegenwart man(n) gerne haben müßte, wenn nicht ihr ›besonderer‹ Charakter alles ins Gegenteil verkehrte.

Wenngleich sie sich überwiegend im selben Umfeld bewegten und sich somit zwangsläufig häufig über den Weg liefen, mied sie ihn offensichtlich. Sie wußte um die sardonischen Bemerkungen, die er gelegentlich über ihr Verhalten fallen ließ. Gerade die eine oder andere im Grunde kränkende Bemerkung ließ er bewußt gegenüber Leuten fallen, von denen er wußte, daß sie – meist unbewußt – dafür sorgten, daß diese ihr zu Ohren kamen. Ihm wurde aber nie hinterbracht, wie sie darauf reagierte, dabei provozierte er immer stärker, um sie zu einer Reaktion zu bewegen. Oder sollte sich am Ende niemand trauen, es ihr weiterzuerzählen, weil er fürchtete, daß wie in der Antike der Bote für die schlechte Nachricht, die er überbrachte, büßen mußte? Alles schien bei dieser Frau möglich zu sein.

Nur selten kamen sie sich räumlich derart nahe, daß ein Blickkontakt unvermeidlich war. Sie verstand diesem mit geradezu aalglatter Höflichkeit auszuweichen, die den Eindruck hinterließ, als sei ihre Aufmerksamkeit in jenem Moment ›zufällig‹ zu sehr von anderen Dingen beansprucht, um ihn wahrzunehmen und es sich in keiner Weise um Absicht handelte. Doch konnte er sich des Eindrucks nicht erwehren, daß sie Angst hatte, den Blick servil senken zu müssen, müßte sie seinem länger als wenige Augenblicke standhalten. Wären ihm an ihrer Stelle solche Bemerkungen zu Ohren gekommen, wie er sie über sie äußerte, er hätte dem Betreffenden seine Mißbilligung auf eine Weise gezeigt, die diesem arg zu denken gegeben hätte, euphemistisch ausgedrückt.

Mitunter fiel es ihm schwer, einzuschätzen, ob ihr Verhalten das Ergebnis eiskalter Berechnung oder einfach nur von Gedankenlosigkeit geprägt war. Was am Ende schlimmer war, ließ sich nur schwer sagen. Ein naives Dummchen war sie jedenfalls nicht, im Gegenteil konnte sie sogar sehr geistreich sein, wenn sie es darauf anlegte.

Es gab Momente, während denen sie ihn an eine verzogene Göre erinnerte – mit Anfang dreißig war das heutigentags noch nicht wirklich unzutreffend, da selbst eine Frau von vierzig noch als jung galt – die sich wie der Elefant im Porzellanladen benahm und gar nicht bewußt merkte, was sie alles durch jede ihrer Bewegungen zerschlug, die die Dinge, mit denen sie spielte, zerbrach und sich anschließend über die eigene Kraft am meisten wunderte, daraus aber keine Lehren zog, sondern den zerstörten Gegenstand mit einem Achselzucken wegwarf und zum nächsten griff, so als sei es die ureigenste Schuld des zerschlagenen Objekts, daß es nun hinüber war – es hätte ihr ja sagen können, daß es zerbrechlich sei. Ihre Standardrechtfertigung fürs zerschlagene emotionale Porzellan lautete ja auch, stets in einem Tonfall erschreckender Naivität vorgetragen, sie habe doch gesagt, daß sie so sei und wenn der Betreffende sich Hoffnungen gleich welcher Art mache, könne sie doch nichts dafür.

Das war es, was ihn letztlich ernsthaft verärgerte und wahrscheinlich der Auslöser dafür war, daß sich in ihn immer mehr der Gedanke formte, sie endlich einmal Mores zu lehren, es *›dieser kleinen Schlampe ein für alle Mal gezeigt werden mußte, daß sie mit anderen Menschen so nicht umspringen kann‹.*

Er wartete geduldig im Halbdunkel. Es konnte nicht mehr lange dauern, bis sie vorbeikam. Er hörte bereits in der Ferne das rhythmische Klacken ihrer hohen Absätze. Ihm wurde beinahe erschreckend bewußt, daß er sie bereits am Geräusch ihrer Schritte erkannte, er jede ihre Gesten kannte, derart aufmerksam hatte er sie während der vergangenen Monate studiert.

Sein Herz schlug schneller, obwohl er äußerlich ruhig blieb. Noch war es Zeit, sein Vorhaben abzubrechen. Hatte er einmal damit begonnen, konnte er es nicht mehr und mußte es bis zum Ende durchführen. Ihm wurde schlagartig bewußt, daß er, verlief es nicht wie geplant, ihr damit etwas gegen ihn in die Hand gab, womit sie ihm große Schwierigkeiten bereiten konnte, nutzte sie es aus. Er durfte sich ihr gegenüber keine Blöße zeigen, mußte bis zum – vielleicht auch bitterem Ende – die Kontrolle behalten.

Er atmete tief durch. In gewisser Weise war es durchaus Wahnsinn zu nennen, weil gegen jede Konvention der ›guten Sitten‹. Im Grunde begab er sich mit seinem Vorhaben an den Rand einer Vergewaltigung. Etwas, was für ihn bisher undenkbar gewesen war, was seiner Persönlichkeit absolut zuwider lief. Andererseits gab es etwas jenseits ihres vordergründigen Verhaltens, das ihm intuitiv sagte, daß sie es trotz allem nicht als solche empfinden würde, ganz gleich, was geschah. Er beruhigte sich auch damit, daß sie ihm körperlich durchaus ebenbürtig war. Auch wenn man es erst auf den zweiten Blick sah – sie war ziemlich muskulös.

Sie war vielleicht noch drei Schritte entfernt. Das Klacken ihrer Absätze hallte fast unnatürlich laut in seinen Ohren durch den schlecht beleuchteten Gang, als ihn ein Gedanke durchfuhr, der ihm für einen Moment das Gefühl vermittelte mit Eiswasser übergossen zu werden, ihn beinahe lähmte – wenn er das alles nur aus dem einzigen Grund heraus tat, um sie für *sich* zu ›zähmen‹, weil er sie begehrte, wie keine andere Frau zuvor, weil sie auf eine für ihn noch diffuse Weise wichtig war? Sollte er am Ende ähnlich wie sie aus purem Eigennutz handeln, aus dem Eigennutz des sterblich Verliebten?

Es war keine Zeit mehr und er wollte auch nicht darüber nachdenken, denn beinahe hätte er den Moment verpaßt, an dem er sie noch überraschend ergreifen konnte, ohne daß er mit einer Gegenwehr von ihr zu rechnen hatte. Zögerte er nur einen Lidschlag, sie wäre an ihm vorbeigegangen und er hätte deutlich mehr Kraft aufwenden müssen, um sie mit sich zu zerren, ganz zu schweigen, von der zu erwartenden Gegenwehr ihrerseits.

Er atmete tief durch und trat ihr entschlossen in den Weg. Sie blieb überrascht stehen. Es hätte nicht viel gefehlt und sie wäre gegen ihn gelaufen.

Er nutzte ihre Überraschung, ergriff sie so fest, daß die

Überraschung in ihrer Mimik einem schmerzverzerrten Ausdruck wich, staß sie durch die geöffnete Tür, so daß sie ins Halbdunkle stolperte und heftig mit der rechten Schulter gegen die Wand prallte. Ohne diese Wand wäre sie unweigerlich zu Boden gestürzt. Das Echo der zugeschlagenen Tür verhallte schnell.

Sie blickte verwirrt um sich, sah ihn, aber schien ihn – vorerst – nicht zu erkennen. Er wußte nicht, ob es ihn wundern sollte, oder ob das Halbdunkel, an das seine Augen sich noch nicht richtig gewöhnt hatten, ihre Gestik, ihre Blicke fehldeuten ließen, sie zeigte noch immer lediglich Überraschung, nicht eine Spur von Angst.

Sie mochte noch keine Spur von Angst zeigen, bei ihm war das anders. Es war die Angst, des Einbrechers, der immer damit rechnen mußte, auf frischer Tat ertappt zu werden. Vor allem durfte er keinen Augenblick irgendeine Form von Unsicherheit zeigen, das hätte sie sofort ausgenutzt und den Spieß augenblicklich herumgedreht.

Er drückte sie mit seinem ganzen Körper mit dem Rücken heftig gegen die Wand, drückte ihr den rechten Schenkel zwischen die Beine, faßte ihr mit der rechten Hand fest an den Hals unters Kinn, so daß ihr Kopf nach oben und gegen die Wand gedrückt wurde. Seine Geste war sogar dermaßen heftig, daß das Anschlagen ihres Kopfes gegen die Wand ein dumpfes häßliches Geräusch erzeugte. Ihre Mimik war für den Moment erneut schmerzverzerrt.

Sie atmeten beide schwer, er vor Anstrengung. Ihre Verwirrung verflog langsam. Sie mußte ihn erkannt haben. Sie versuchte die Lage einzuschätzen. Es wunderte ihn kaum, daß sie weiterhin keine Angst zeigte, sie war schließlich eine ebenbürtige Gegnerin.

Alles hatte nur wenige Sekunden gedauert.

»So, du kleine dreckige Schlampe, jetzt werde ich dich Mores lehren«, raunte er ihr mit fester Stimme und der ganzen Verachtung zu, zu der er fähig war, damit sie ihre Lage richtig einschätzen konnte und auch keinen Zweifel mehr an seiner Identität hatte.

Er stand so dicht vor hier, daß sein Atem ihr ins Gesicht schlug.

Er sah ihr fest in die Augen. Sie schien sich gefangen zu haben, denn sie sah ihn mehr herausfordernd als ängstlich an. Ja, er glaubte sogar ein sarkastisches Blitzen in ihren Augen zu sehen. Mal sehen, wer am Ende von uns die Oberhand behält, schien sie sagen zu wollen.

Er drückte ihr den rechten Schenkel fester zwischen die Beine, damit sie nicht auf die Idee kam, ihm ihr Knie in die Eier zu rammen. Doch an eine solche banale Gegenwehr schien sie gar nicht zu denken. Er drückte ihr den Kopf noch etwas fester gegen die Wand. Sie mußte sich wie in einem Schraubstock fühlen und es mußten sich langsam seine Finger auf ihrer zarten hellen Haut abzeichnen.

Sie versuchte eine Weile seinem Blick standzuhalten, doch mußte dann doch die Augen niederschlagen. Die erste Runde ging demnach an ihn.

Er entspannte sich innerlich etwas. Bis jetzt lief es relativ gut.

Erst jetzt nahm er sich Zeit, die Berührung ihrer Körper bewußt zu spüren. Er stellte fest, daß ihm ihre unmittelbare Nähe angenehm war, worauf ein Gefühl der Zuneigung ihn durchströmte. Er erkannte aber auch die Gefährlichkeit, sobald er allzu zärtliche Gefühle für sie empfand, würde sie die Situation auf alle Zeit zwischen ihnen beherrschen und er wäre nur einer der vielen, mit denen sie gedankenlos spielte.

Er löste den Griff um ihren Hals, schon im Halbdunkel konnte er den sich langsam herausbildenden Abdruck seiner Hand auf ihrer weichen Haut sehen, einer Haut, die es viel mehr verdiente sanft gestreichelt und nicht malträtiert zu werden, griff ihr fest ins Haar und zog kraftvoll daran. Sie stöhnte erneut leicht vor Schmerz auf. Er trat etwas zurück und riß ihr noch etwas fester an den Haaren, so daß sie auf die Knie sinken mußte. Auch jetzt nutzte sie ihre gewonnene Bewegungsfreiheit in keiner Weise aus. Ihr Gesicht war schmerzverzerrt, die Augen halb geschlossen, doch gab sie keinen Laut von sich.

In ihr mußten unzählige Gefühle miteinander im Wettstreit liegen, einzig Angst schien nicht darunter zu sein, was ihn leicht ärgerte und in seiner Eitelkeit kränkte. Eine Frau, die er derart hart anfaßte, hatte zumindest ein Minimum von Angst zu zeigen.

Sie saß vor ihm auf den rauhen Boden, der rechte halterlose Strumpf zerrissen, aus dem Knie sickerte etwas Blut. Keiner von ihnen achtete darauf.

Er hatte ihr den Kopf so weit nach hinten gebeugt, daß sie ihn ansehen mußte. In ihrem Blick lag etwas Abwartendes und begleitet von einem leichten, herausfordernden Lächeln. Er befürchte, sie wußte bereits, was er als Nächstes tun würde. Schwer war das ja nicht zu erraten.

Er wunderte sich selbst, wie er es mit einer Hand problemlos schaffte, seinen Schwanz aus der Jeans zu befreien, aber noch mehr wunderte er sich, daß er bereits eine ansehnliche Erektion hatte. Er mußte sie bereits bekommen haben, als er sie mit dem Körper gegen die Wand gedrückt und ihren Hals fest umfaßt hatte. Zugleich machte es ihm bewußt, wie schön es im Grunde war, ihren Körper am eigenen zu spüren. Für den Moment lief ein lüsterner Glanz über ihr Gesicht, als sie seinen Schwanz sah.

»Nimm ihn in den Mund«, sagte er ruhig und leise. Sie zögerte nicht einen Moment, als gewährte er ihr endlich etwas, auf das sie schon lange sehnsüchtig gewartet hatte. Fast zärtlich umfingen ihre Lippen seine Eichel, spürte er ihre Zunge. Er hielt weiterhin ihren Kopf fest.

Unwillkürlich dachte er daran, daß es im Grunde leichtsinnig von ihm war, ihr den Schwanz in den Mund zu stecken. Was konnte sie schließlich verheerendes mit den Zähnen anrichten. Da hätte ihm auch nicht geholfen, daß er die Hand noch immer in ihren Haaren hatte und ihren Kopf zurückziehen konnte. Doch sie schien nicht einen Moment daran zu denken, die Zähne auf destruktive Weise zu benutzen. Vielleicht dachte sie aber auch, daß sie ihn milde stimmen könnte, blies sie ihm den Schwanz, was ihm nicht wirklich wahrscheinlich erschien. Hätte sie auch nur geahnt, was er tatsächlich beabsichtigte, sie hätte ihn sicherlich nicht dermaßen bereitwillig in den Mund genommen. Später war er sich aber nicht mehr so sicher.

Der erste Strahl seines Urins traf sie unvorbereitet. Sie entließ seinen Schwanz reflexartig aus dem Mund, hustete, weil sie sich leicht verschluckt hatte. Alles andere lief ihr aus dem Mund, das Kinn hinunter auf die Bluse, wo es einen großen feuchten Fleck bildete.

»Du kannst es dir überlegen, entweder du schluckst es oder es läuft dir alles aus dem Mund über die Bluse. Hast du verstanden?« Zur Bekräftigung riß er ihr kurz an den Haaren.

Sie seufzte leise vor Schmerz auf, biß sich auf die Lippen, damit ihr nur ja kein Laut entfuhr, der auf dem Gang gehört werden konnte.

Sie nickte und nahm seinen Schwanz wieder in den Mund, jedoch keinesfalls, als müßte sie ihren Ekel überwinden, sondern eigentlich schon recht forsch. Er war so auf sich konzentriert, daß ihm auch das erst später bewußt wurde. Sie schluckte nun tatsächlich. Kaum noch etwas lief ihr aus dem Mund.

In ihrem Blick lag eine besondere Art von Lust, soweit er das im Halbdunkel erkennen konnte. Dafür fühlte er bei sich einen leichten aufkommenden Ekel, weil sie so bereitwillig seinen Urin trank, obwohl er überzeugt war, daß es auch bei ihr Ekel erzeugte. Sollte es ihr am Ende grundsätzlich große Lust bereiten und nicht nur im Augenblick durch die besondere Situation? Auch das lag bei ihr im Bereich des Möglichen.

Als er seine nicht allzu volle Blase in ihrem Mund entleert hatte, zog er ihren Kopf zurück, damit sie seinen Schwanz freiließ.

Ihr Lippenstift war verschmiert, die Haare zerzaust und klebten ihr in der Stirn, an ihrem Kinn lief Speichel hinunter. Ihre Bluse war teilweise naß von dem Urin, den sie nicht hatte schlucken können. Und doch erschien sie ihm reizvoller als je.

Sie sah ihn fast enttäuscht an, weil sie seinen Schwanz nicht mehr im Mund haben durfte.

Vielleicht hatte er auch unbewußt geahnt, daß sie an so etwas Gefallen fand, vielleicht hatte es ihm auch ermöglicht, sein Vorhaben überhaupt in die Tat umzusetzen. Der Wunsch, sie Mores zu lehren, wich immer mehr dem Wunsch, sie an ihre Grenzen zu führen, um das Gefühl zu bekommen, sie ›zähmen‹ zu können.

Er zog sie an den Haaren wieder hoch. Sie stöhnte erneut vor Schmerz auf, während ihre Wangen von Lust leicht gerötet waren, taumelte mit dem Rücken zur Wand, stieß erneut schmerzhaft dagegen. Es schien sie nicht zu kümmern, sondern schaute ihn herausfordernd an. Er hatte nicht gewollt, daß sie aufgrund ihrer Eigendynamik erneut mit dem Hinterkopf mit einem dumpfen Geräusch an die Wand schlug. Nun waren beide Strümpfe zerrissen, aus ihrem rechten Knie blutete es immer noch leicht, das linke Beine ›zierte‹ einige Kratzer.

Er drängte sie erneut mit dem Körper gegen die Wand. Diesmal drückte er ihr jedoch nicht das Knie zwischen die Schenkel. Er wußte ja, daß sie sich nicht ernsthaft wehrte, sondern seine Behandlung bereits genoß. Seine Rechte hatte er ihr wieder unters Kinn gelegt und drückte ihr den Kopf erneut gegen die Wand.

»Das hättest du nicht erwartet, daß ich dich als Urinal benutze. Aber ich mußte ich einfach pissen und wollte keine stinkende Lache hier unten hinterlassen. Das mußt du verstehen.«

Sie nickte sogar leicht, als verstünde sie tatsächlich seine Gründe.

»Es mag dich zwar geekelt haben, aber ich hatte auch den Eindruck, daß du es etwas genossen hast, mir als Toilette zu dienen.«

In diesem Moment schlug sie tatsächlich vermeintlich schamhaft die Augen nieder, damit er nicht ihr triumphierendes Lächeln sah.

»Dachte ich mir bereits, daß du *so* eine bist«, fuhr er betont herablassend fort. »Aber so seid ihr Frauen. Auf der einen Seite macht ihr einen auf vornehm, auf der anderen seid ihr triebgesteuert, sobald sich die Gelegenheit ergibt. Besonders, wenn sie so kleine verhurte Schlampen sind wie du. Du fickst doch jeden, der sich nicht rechtzeitig in Sicherheit bringt. Vor allem mit denen machst du rum, die zu anständig sind, dich zu durchschauen, diejenigen, die zu blöde und eitel sind zu merken, daß du nur mit ihnen spielst, die sich Wunder was darauf einbilden, daß du dich mit ihnen abgibst, die du hinhältst, bis du ihrer überdrüssig bist, bis du sie nicht mehr brauchst. Von wie vielen läßt du dich am Ende überhaupt ficken? Wer darf tatsächlich seinen Schwanz in deine Fotze stecken? Oder läßt du nur denjenigen an dich ran, der gerade greifbar ist, wenn du notgeil bist? Ich bin mir sicher, daß du dich nur von einem kleinen Teil ficken läßt. Würdest du alle, die du umgarnst, an dich ran lassen, hättest du schnell keinen mehr, der um dich herumscharwenzelt. Dann würden ja alle erkennen, daß du nur eine schöne Fassade bist mit einem morschen Innenleben. Es mag Männer geben, die haben ein Faible fürs Morbide, aber an die willst du dich ja nicht wenden.«

Sie hielt beschämt den Blick gesenkt, diesmal schien es nicht gespielt. Sie atmete flach, zitterte leicht am ganzen Körper. Es mochte das erste Mal sein, daß ihr jemand das alles so direkt und vor allem so ruhig und ohne wirklichen Abscheu sagte. Abscheu empfand er kaum noch für sie, das erschien ihm mittlerweile kaum noch möglich. Er genoß ihre Nähe dafür zu sehr. Aber er wußte, daß er ihr ihre Grenzen rabiat aufzeigen mußte, damit er sich nicht bei ihr verlor und sie mit ihm das machen konnte, was sie mit den anderen machte.

Er tat ihr weh, damit sie nicht in Bälde ihnen beiden auf viel verletzlichere Weise weh tun konnte.

Ihre Brüste hoben und senkten sich deutlich unter ihren heftigen Atemzügen. Sie hielt noch immer den Blick gesenkt, machte auch keine Anstalten, etwas zu erwidern, sich auch nur im Ansatz zu rechtfertigen. Hätte er den Eindruck gehabt, daß sie das wollte, er hätte den Griff so weit gelockert, daß sie hätte reden können.

Aber er wollte kein Ausweichen, keine halbgaren Äußerungen, keine Lügen und keine billigen Rechtfertigungen hören. Selbst wenn sie verbal zugegeben hätte, daß er mit jedem seiner Worte recht hätte, wäre es ihm nur zuwider gewesen. Sie erkannte, daß Schweigen zu ihrem Vorteil war.

Er packe ihr mit der Linken fest zwischen die Beine. Sie trug kein Höschen, was ihn nicht überraschte. Sie zuckte zusammen, verkrampfte sich vor leichtem Schmerz. Kaum hatte sie sich von ihrer Überraschung erholt, spürte er, wie sie augenblicklich naß wurde. Sie war zuvor schon nicht trocken gewesen, ein untrügliches Zeichen dafür, daß sie seine bisherigen Handlungen sexuell erregt hatten.

»Du kleine verhurte Schlampe, dir muß man auch nur zwischen die Beine packen, damit du naß wirst. Du bist doch wie alle deines Schlages, denkst permanent nur ans Ficken«, sagte er voll scheinbarer Verachtung.

In Wahrheit war er über ihre Reaktion froh. Ihr Körper zeigte ihm besser als ihr Verstand, daß ihr seine Behandlung gefiel. Vordergründig ›vergewaltigte‹ er sie und doch war es in Wahrheit das genaue Gegenteil. Er wäre nicht einen Augenblick in der Lage, ihr etwas anzutun, das einen bleibenden Schaden hinterließ. Er hoffte nur, daß sie nicht spürte, daß dem so war, daß ein Rest Zweifel bei ihr bestehen blieb. Es hätte seine ›Macht‹ über sie gefährlich geschmälert.

Sie hielt noch immer den Blick gesenkt, den Körper angespannt. Er packte so fest zu, wie er konnte. Sie hielt den Atem an, doch weiterhin den Blick gesenkt. Die Mauer mußte ihr unangenehm in den Rücken drücken, mit seinem ganzen Gewicht an ihrer Vorderseite.

»Sieh mich an, wenn ich mit dir rede«, fuhr er sie ruhig aber mit Nachdruck an.

Sie sah ihn an. In ihren Augen blitzte es keck, fast trotzig und doch lag auch etwas Scham darin. Vielleicht, weil sie sich ihm so schnell ergeben hatte, ohne auch nur ein Minimum an Gegenwehr zu zeigen.

»Du kannst wahrlich kaum etwas dafür, du bist einfach so«, meinte er nur vielsagend.

Er stand bereits so dicht gegen sie gelehnt, daß er den Kopf leicht nach hinten beugen mußte, um ihr Gesicht nicht mit seinem zu berühren.

Er sah sie eine Weile an, sagte nichts. Sie schlug bald wieder die Augen nieder.

Er nahm seine Hand von ihrem Hals und packte ihr wieder ins Haar. Er trat einen Schritt zurück.

»Umdrehen!«

Sie tat es augenblicklich. Er drückte ihr die Schultern nach unten und bog ihr den Kopf nach hinten. Es mußte sie erneut schmerzen. Doch sie blieb stehen, gab keinen Laut von sich, stütze sich nur mit den Händen an der Wand ab, damit sie nicht vornüber fiel.

Er packte ihr erneut zwischen die Beine. Sie war noch etwas nasser geworden, ausreichender Beweis dafür, daß sie jede Minute genoß, wenn es denn noch eines Beweises bedurft hätte. Er verteilte ihre Nässe an ihrem Schließmuskel und schob ihr dann seinen steifen nicht gerade kleinen Schwanz in den Arsch. Er achtete nicht einen Moment darauf, ihrem Schließmuskel die Gelegenheit zu geben, sich zu entspannen. Er spürte an ihrer Haltung, daß es sie im ersten Moment schmerzte, aber sie ertrug es tapfer.

Er war sicher, daß er nicht der erste war, der ihr den Arsch fickte, aber bestimmt der erste, der das dermaßen rücksichtslos tat. Doch kaum war er zur Hälfte in ihr, entspannte sich ihr Schließmuskel und sie fühlte sich viel weniger eng an.

»Ich würde dir mit meinem Schwanz am liebsten derart heftig den Arsch aufreißen, daß du mindestens drei Tage lang inkontinent bist und mindestens eine Woche beim Scheißen ein unangenehmes Brennen hast«, raunte er ihr zu.

Kaum hatte er seinen Satz beendet, entfuhr ihr ein leises lustvolles Aufstöhnen, die Vorstellung schien ihr tatsächlich zu gefallen. Wie verdorben war sie eigentlich?

Er mußte ihren Kopf an den Haaren zurückgebogen halten. Hätte er losgelassen, wäre sie mit der Stirn gegen die Wand geschlagen und hätte sich ernsthaft verletzt, so dicht stand sie davor.

Sie wimmerte leise, doch weniger vor Schmerz als vor Lust. Sie war bisher überhaupt sehr zurückhaltend mit Lustäußerungen gewesen. Auch wenn er es noch vor sich verbarg, längst genossen sie gemeinsam die Situation, vermeintliche Gegner waren zu Komplizen geworden.

Es dauerte nicht allzulange, durch die Enge ihres Anus, durch die hohe Reibung, er verwendete ja kein Gleitgel, kam er relativ schnell in ihr. Ihr Mores zu lehren, hatte ihn selbst unvorsichtig werden lassen. Er hatte nicht einen Augenblick bedacht, daß er sich bei diesem heftigen Arschfick ja an der Eichel verletzen konnte. Aber es ging gut, das sah er, als er den Schwanz aus ihr gezogen hatte.

Sein Orgasmus war noch nicht einmal im Ansatz verklungen, da stöhnte sie plötzlich laut und lustvoll auf, so daß er regelrecht zusammenschrak – sie hatte einen Orgasmus!

Er zerrte sie an den Haaren vor sich auf die Knie. Sie sah ihn mit Augen an, in denen der pure Glanz der Wollust lag. »Und jetzt leckst du mir den Schwanz sauber.«

Sie zögerte nicht einen Moment, obwohl sie sich sicherlich nicht wenig vor dem ekelte, was aus ihrem Rektum am Schwanz klebte, auch wenn nicht wirklich etwas in diesem Halbdunkel zu sehen war.

Sie stand mit dem Rücken an die Wand gelehnt, er stand einen Schritt von ihr entfernt, die Hose wieder gerichtet.

Sie wirkte in keiner Weise wie eine Frau, die gerade von einem Mann sehr hart angefaßt, für einen unbedarften Beobachter scheinbar vergewaltigt worden, sondern wie eine, die das bekommen hatte, was sie sich leidenschaftlich gewünscht hatte.

Er fühlte in diesem Moment eine besondere Nähe zwischen ihnen, wie er sie bisher nur bei ganz wenigen Frauen in seinem Leben gespürt hatte.

Er fragte sich später oft, ob trotz allem nicht *sie* jeden Moment kontrolliert hatte.

»Bevor du hier herausgehst, versuche dich etwas herzurichten, so wie du jetzt aussiehst, kannst du nicht unter die Leute, sie würden sich ja vor dir ekeln«, sagte er mit der ganzen Verachtung, zu der er glaubte, fähig zu sein, aber es klang kaum noch überzeugend.

Sie grinste ihn breit und selbstbewußt an. Sie sah in den ›Malen‹, die seine ›Behandlung‹ bei ihr hinterlassen hatte, keine solchen, sondern Trophäen.

Seine Hand lag bereits auf der Klinke, er warf noch einen letzten Blick auf sie, bevor er die Tür öffnete, da umarmte sie ihn in aufflammender Leidenschaft wortlos und legte den Kopf an seine Schulter. Ein tiefes Gefühl der Zuneigung durchströmte ihn. Er glaubte, daß sie ein leises ›Danke‹ murmelte, aber er konnte sich auch täuschen. Ihre Umarmung dauerte nicht lange. Sie trat einen Schritt zurück und senkte demütig den Blick.

Er schloß die Tür fast behutsam hinter sich und ging nachdenklich den Gang entlang. Hatte sie nun ihren Meister gefunden? Oder war auch er nur ihrer Faszination erlegen, wie all die armen Schweine zuvor. Sicher war für ihn nur, daß bisher keiner von ihnen auf diese Weise mit ihr verfahren war.

Nicht wenige, die sie kannten, fragten sich einige Zeit später, warum sie ihm anscheinend dermaßen aus der Hand fraß, sich ihm gegenüber demütig verhielt und auf seinen leisesten Wink bereits Folge leistete. Sich ihm gegenüber wie ein verliebter Teenager gebärdete. Sie wurden nur noch gemeinsam gesehen. Andere Männer schienen sie nicht mehr zu interessieren. Manche schüttelten sogar den Kopf darüber, wie eine eigentlich souveräne Frau wie sie, einen Mann derart servil anhimmeln konnte.

Nun, man müsse nur wissen, wie man schönen Frauen zur rechten Zeit das Rechte zuteilwerden läßt, pflegte er stets mit einem vielsagenden Lächeln zu antworten, wurde er offen darauf angesprochen.

Sie mochten spekulieren, wie sie wollten, worin das Rechte liegen mochte, bei einigen war es besser, sie wußten es nicht, es hätte ihre Überzeugung, wie eine Frau behandelt werden soll, in den Grundfesten erschüttert. Doch gibt es Frauen, die nicht nur genau *das* benötigen, sondern es auch grenzenlos genießen. Sobald sich bei ihr die ersten Anzeichen zeigten, daß sie begann, ihm auf der Nase herumzutanzen, bekam sie eine Behandlung gleich der in jener dunklen Ecke. Scheu besaß er keine, sie ruppig zu behandeln. Meist trug sie die dabei erhaltenen Male bis zu zwei Wochen und stets stolz mit sich herum. Über ihr Erlebnis in der dunklen Ecke verloren sie kein Wort vor einander.

Mit der Zeit stärkte sich bei ihm das Gefühl, daß sie die wirkliche Beherrscherin ihrer Beziehung war, sie ihn dazu gebracht hatte, sie Mores zu lehren. Er tröstete sich dann damit, daß nach außen hin er als der Dominierende galt und sich eigentlich nicht beklagen konnte, keine seiner Verflossenen hatte sich derart loyal ihm gegenüber verhalten. Der Schein kann manchmal doch beruhigend sein.

Der Bibliothekar

1.

Nachdem er sich gezwungenermaßen über mehrere Jahre von einem Zeitvertrag zum anderen gehangelt hatte, war Meinald bereit, *jede* Stelle anzunehmen, die auch nur annähernd etwas mit seinem Beruf als Bibliothekar zu tun hatte, solange er einen unbefristeten Arbeitsvertrag bekam. Seine Lebensplanung hatte er längst an einem Zwölfmonatsrhythmus orientiert, solange liefen im Schnitt seine Verträge. Manchmal wurden sie zumindest um ein weiteres Jahr verlängert, oft aber nicht und meist wurde ihm letzteres erst wenige Wochen vor Vertragsende lapidar mitgeteilt, weshalb er sich grundsätzlich einige Monate vor Ablauf auf Stellen bewarb, die auch nur annähernd mit seinem Beruf zu tun hatten. Jetzt befand er sich fast am Ende der zweiten Hälfte seiner Dreißiger und war seit seinem Studienabschluß vor annähernd fünfzehn Jahren karrieremäßig wie finanziell nicht wirklich vorwärtsgekommen. Er bewohnte noch immer die kleine Wohnung, die er zu Beginn des Studiums bezogen hatte – ein großes Zimmer, das zugleich Wohn-, Schlaf- und Arbeitszimmer war, eine kleine Küche und ein, für die Größe der Wohnung relativ geräumiges Bad, selbst die Möbel waren, bis auf wenige notwendige Neuerwerbungen, noch dieselben. Er war schon immer genügsam gewesen, was den materiellen Komfort in seinem Leben betraf und was ihm bisher geholfen hatte, einigermaßen über die Runden zu kommen. Er bewarb sich nicht zum ersten Mal auf eine private Bibliothekarsstelle, doch bisher wurde ihm stets mitgeteilt, daß diese bereits besetzt sei. Auch diesmal gab er sich keinen allzu großen Hoffnungen hin, zumal es nur eine halbe Stelle war, wenngleich die Bezahlung nur unwesentlich geringer ausfiel als für die ganze, für die sein Vertrag in wenigen Wochen endete. Vier Bewerbungen hatte er insgesamt eingereicht. Auf eine Reaktion mußte er diesmal besonders lange warten. Seiner Erfahrung nach war es mittlerweile nicht unüblich, daß manche nicht einmal eine lakonische Absage für nötig erachteten. Wenige Wochen vor dem Auslaufen seines Vertrages trafen die ersten beiden Absagen ein, die dritte folgte eine Woche darauf. Zu Beginn des letzten Monats lag noch keine Nachricht auf die vierte für jene kleine private Bibliothek vor, von der zuvor noch nie etwas gehört hatte, obwohl er meinte, alle in der Stadt zu kennen. Er sah sich bereits in die lange, desillusionierende Schlange der Arbeitslosen einreihen. Drei Wochen vor dem Ende seines laufenden Vertrages erhielt er doch noch einen länglichen Brief, die Adresse altmodisch mit Schreibmaschine geschrieben.

Doch nicht nur die Adresse, der ganze Brief war maschinegeschrieben, daher hätte es ihn auch nicht sonderlich überrascht, wenn das Datum des Briefes 1950 und irgend etwas gelautet hätte. In einem etwas steifen, leicht antiquierten Stil, der selbst um 1950 und irgend etwas als solcher gegolten hätte, teilte ihm ein Notar namens August-Maria Sindtorf mit, daß seine Bewerbung für die Postion des Bibliothekars der Bibliothek der *Schöneburg-Borsing-Stiftung* mit Interesse gelesen worden war, er die Kriterien, die das Kuratorium der Stiftung an den Bewerber stelle, in allen Punkten erfülle und man ihn somit zu einem Vorstellungsgespräch einlade, das bereits am übernächsten Tag stattfinden sollte.

An einem sonnigen Nachmittag Mitte April machte er sich auf den Weg in einen Teil der Stadt, den er lediglich vom Hörensagen kannte und der von alten Villen und einigen neueren und teuren Wohnanlagen dominiert wurde. Die *Schöneburg-Borsing-Stiftung* hatte ihr Domizil in einer alten Villa mit weitläufigem Grundstück. Durch den maschinegeschriebenen Brief ›vorgewarnt‹, überraschte es ihn wenig, als August-Maria Sindtorf sich als reichlich betagter, aber geistig reger Notar erwies, die weiteren Mitglieder des Kuratoriums als zwei sympathische ältere Damen, die trotz ihres fortgeschrittenen Alters gegenüber dem Notar fast noch jugendlich wirkten.

Das Vorstellungsgespräch erschien ihm größtenteils wie ein geselliger Nachmittag mit Kaffee und Kuchen bei greisen Anverwandten – Kaffee und Kuchen gab es tatsächlich und auch die Art und Weise, wie der Notar das Gespräch weitgehend allein führte, die beiden alten Damen nickten nur hin und wieder zustimmend und schenkten Meinald und sich bei Bedarf Kaffee ein und legten frischen, offenkundig selbstgebackenen und ausgezeichnet schmeckenden Apfelkuchen auf den Tellern nach, erinnerte ihn an die Anekdoten, die seine Altvorderen bei solchen Gelegenheiten aus ihrer lange zurückliegenden Jugend zum Besten gaben.

Aus der bedächtigen und teilweise recht umständlichen Rede des Notars erfuhr er, daß sich die *Schöneburg-Borsing-Stiftung* zur Aufgabe gemacht hatte, den literarischen Nachlaß des Autors Robert Laurentius Schöneburg zu verwalten, zu erforschen und eine so kritische wie umfassende Werkausgabe zu erstellen. Außer den umfangreichen Manuskripten des Autors wurde auch dessen private Bibliothek an diesem Ort aufbewahrt. Schöneburg war zu Lebzeiten ein Autor nicht nur von lokaler Bedeutung, wenngleich sein Werk – bedauerlicherweise – nicht die Verbreitung fand, wie es seiner Qualität nach angemessen wäre. Da Schöneburg einer wohlhabenden, ja sogar reichen Familie entstammte, er war zudem der letzte Nachfahre, war er nicht gezwungen, von den Einnahmen seiner Werke zu leben. Ein Teil erschien daher auch als Privatdrucke in kleiner Auflage. Vieles war daher bis zum heutigen Tag unveröffentlicht geblieben.

Schöneburg, obwohl dem schönen Geschlecht alles andere als abgeneigt und zu seiner Zeit für manchen Skandal gut gewesen, was sich meist durch eine großzügige ›Spende‹ an die Betroffenen hatte lösen lassen, hatte leider keinerlei direkte Nachkommen hinterlassen und auch keine illegitimen. Durch diverse historische Gegebenheiten – zwei Weltkriege, eine Hyperinflation und eine ausgeprägte Affinität zum schönen Geschlecht – war das Schöneburg'sche Erbe deutlich geschmälert worden und somit bestand der Nachlaß fast ausschließlich aus seinen Manuskripten und seiner privaten Bibliothek, als er in beinahe biblischem Alter Mitte der 1960er Jahre verstarb.

Aufgrund eines eklatanten Mangels bekannter unmittelbarer Erben und damit es nicht verfiel, gründete Schöneburgs langjähriger Freund und Bewunderer Richard Gotthilf Borsing, seines Zeichens Produzent von Naturkautschukwaren aller Art – hier senkte der Notar leicht räuspernd die Stimme und die beiden Damen beschäftigten sich auffallend mit dem Inhalt ihrer Tassen, als wäre ihnen bisher entgangen, was sie enthielten, weshalb Meinald ein verstehendes Grinsen unterdrücken mußte – die *Schöne-burg-Borsing-Stiftung*, stattete sie üppig mit Kapital aus und überschrieb der Stiftung eine Villa, die er einst günstig aus der Konkursmasse eines Konkurrenten erwarb. August-Maria Sindtorf, bei Gründung der Stiftung ein junger erfolgversprechender Notar und entfernter Neffe Borsings, wurde mit der Verwaltung der Stiftung und dem Vorsitz des Kuratoriums betraut. Die beiden ältlichen Damen waren Töchter von Brosings Nichten und Cousinen oder Tanten dritten oder vierten Grades, so genau ließ sich das für Meinald aus den umständlichen Ausführungen des greisen Notars nicht entnehmen, wurden die ersten offiziellen Kuratoriumsmitglieder. Bernharda Bechthold-Werner, das vierte Kuratoriumsmitglied, Nichte einer entfernten Cousine, bei Stiftungsgründung einzige noch bekannte lebende Verwandte Schöneburgs, die der alte Notar durch eine anfangs nicht beachtete Notiz Schöneburgs ausfindig gemacht hatte, befand sich zurzeit auf Reisen. Sie war gegenwärtig die einzige, die sich der Erforschung und der Herausgabe der Gesamtausgabe des Schöneburg'schen Werkes widmete und, dem Tonfall des alten Notars glaubte Meinald zu entnehmen, bisher auch die einzige, die den Nachlaß je ernsthaft erforschte. Daher hegte er keinerlei Zweifel, daß es sich bei ihr um eine ebenso liebenswerte, vielleicht nicht ganz so alte Dame handelte, wie die beiden Großnichten Borsings.

Gegen Ende der ausschweifenden Ausführungen des Notars kannte Meinald zwar die Geschichte der *Schöneburg-Borsing-Stiftung* in allen Details, wußte aber immer noch so gut wie nichts über Schöneburgs Werk, nicht einmal, ob er in Lyrik oder Prosa gedichtet hatte. Anschließend wurde er fast beiläufig gefragt, wann es ihm möglich sei, die Stelle anzutreten. Er war nicht allzu überrascht, es fügte sich in das Bild, daß er in den zurückliegenden beiden Stunden bekommen hatte, vermutlich war er ohnehin der einzige Bewerber, was ihm noch nie passiert war. Seine wenig rosigen Zukunftsaussichten vor Augen sagte er daher für den nächsten Ersten zu. Sollte ihm die Arbeit nicht zusagen, besaß er zumindest ausreichend Zeit für die Suche nach einer adäquateren. Seine Zusage wurde als selbstverständlich zur Kenntnis genommen.

Der alte Notar holte aus einer Mappe einen gleichfalls maschinegeschriebenen Arbeitsvertrag und reichte ihm diesen mit der Anmerkung, ihn in Ruhe und aufmerksam zu lesen. Der Vertrag war nicht sehr umfangreich und beinhaltete das Übliche, jedoch ohne das viele Kleingedruckte, für ihn war lediglich wichtig, daß er keinen Passus mit irgendeiner Befristung enthielt. Mehr aus Respekt und Höflichkeit dem alten Notar gegenüber las er ihn in Ruhe durch und setzte anschließend seine Unterschrift darunter. Der alte Notar händigte ihm eine Kopie aus und er ward entlassen.

Draußen vor der Villa und beschienen von der Aprilsonne war er überzeugt, das wohl eigentümlichste Bewerbungsgespräch seiner bisherigen Laufbahn hinter sich gebracht zu haben. Nicht einmal die Räumlichkeiten waren ihm gezeigt worden. Nun, für eine unbefristete Anstellung war er durchaus bereit, einiges in Kauf zu nehmen und die Stiftung der alten Leutchen schienen nicht das schlechteste zu sein.

2.

Er lebte sich schnell ein, nachdem ihm vom greisen Notar an seinem ersten Arbeitstag die Schlüssel übergeben und er weitgehend bei der Erkundung des Hauses allein gelassen worden war. So alt und beschaulich die Villa von außen auch wirkte, der Garten war fast idyllisch und gepflegt, ging es innen zu seiner Überraschung weitgehend modern zu. Erst vor wenigen Jahren war das Haus umfassend saniert und mit der EDV-Erfassung der Bestände begonnen worden. Die Manuskripte waren bereits nahezu vollständig digitalisiert, so daß mit Kopien gearbeitet werden konnte. Alles auf Veranlassung von Schöneburgs Nachfahrin Bernharda Bechthold-Werner geschehen. Die vielleicht nicht ganz so alte Dame schien demnach nicht so geruhsam zu sein, wie die beiden anderen. Seine Aufgabe bestand zuvorderst darin, diese Katalogisierung fortzusetzen. Dafür wurde ihm kein Zeitlimit gesetzt, er konnte weitgehend nach Gutdünken walten und schalten.

Der alte Notar erkundigte sich in der Folgezeit mehr pflichtschuldig einige wenige Male nach seinem Befinden und wie er zurechtkäme, darüber hinaus traten weder er und noch weniger der liebenswerte Rest des Kuratoriums in Erscheinung.

Die ersten Tage verbrachte er damit, sich ein Bild der Bibliothek und von Schöneburgs bisher veröffentlichtem Werk zu machen. Die neuste Ausgabe, die sich im Bestand befand, datierte aus den frühen 1950er Jahren und war lediglich eine Neuauflage eines um 1906 erschienen und drei

Auflagen erlebten Bandes mit weitgehend romantischen Erzählungen im Stil der Zeit. Stilistisch war nichts an ihnen auszusetzen, inhaltlich wirkten sie nach über einhundert Jahren Abstand allerdings leicht verstaubt. Ihn wunderte daher nicht, daß er Schöneburg nicht kannte und erachtete die Stiftung und das Bemühen einer Neuausgabe der Werke als liebenswerten romantischen Spleen eines reichen Freundes des Autors, der von rührigen alten Leutchen weiterhin gepflegt wurde. Weitaus erhaltenswerter dagegen empfand er Schöneburgs private Bibliothek, die aus einigen tausend Bänden bestand, darunter nicht wenige Erstausgaben, die das Herz eines jeden Bibliophilen höher schlagen ließen.

Er hielt sich in der kleinen Küche unweit seines geräumigen und überwiegend modern eingerichteten Büros auf, um sich einen Tee zu machen, als er Schritte aus der großen marmornen Eingangshalle vernahm. Es war das Klacken hoher Absätze und eindeutig jugendlich forsch. Das war niemand vom Kuratorium, den er kannte, und auch keine vielleicht nicht ganz so alte Dame, soviel stand fest. Er verließ die kleine Küche, um nach dem Neuankömmling zu sehen, der irgendwie mit dem Kuratorium in Verbindung stehen mußte, schließlich mußte er einen Schlüssel besitzen, um ins Haus zu kommen.

Er staunte nicht schlecht, als sich dieser als Frau seines Alters erwies, die ihn freundlich anlächelte und sich als Bernharda Bechthold-Werner vorstellte.

Er wußte nicht, was ihn mehr in Erstaunen versetzte, daß sie wider Erwarten und zum Glück keine vielleicht nicht ganz so alte Dame war, sondern eine große bildhübsche junge Frau mit angenehm feminin üppigen Formen, langen, mehr roten als braunen Haaren, die weich über ihre runden

Schultern flossen, oder ihre, in seinen Augen modisch extravagante Erscheinung – knielanger enger roter Lederrock, schwarzseidenes dekolletiertes Oberteil, das nicht nur ihren üppigen Busen betonte, sondern keinen Zweifel daran ließ, daß sie keinen BH trug, rote taillierte Lederjacke, hautfarbene Nahtnylons, High-Heels aus feinem roten Leder, wodurch sie ihn spürbar überragte, obwohl er alles andere als klein war und ein perfektes Make-up in kräftigen Farben, die ihr sehr gut standen. Ihr Parfum verströmte ein dezent fruchtiges Aroma. Sie reichte ihm die lederbehandschuhte Rechte. Ihr Händedruck war derart kräftig, daß er beinahe leicht vor Schmerz das Gesicht verzogen hätte. Ihr weicher Alt war ihm sogleich sympathisch.

In der Regel nicht auf den Mund gefallen, so beeindruckte sie ihn doch derart, daß er auf ihre Fragen überwiegend einsilbig antwortete. Seine leichte Verlegenheit entging ihr nicht und ließ sie vermuten, daß er sie sich gleichfalls als nette, vielleicht nicht ganz so alte Dame wie ihre übrigen weiblichen Kuratoriumsmitglieder vorgestellt hatte.

Als sie erfuhr, daß er gerade Tee zubereiten wollte, schlug sie ihm vor, diesen bei dem schönen Wetter mit ihr gemeinsam auf der Terrasse einnehmen und sich dabei etwas besser kennenzulernen.

Etwas mehr als eine viertel Stunde später saßen sie bei Tee und Gebäck auf der Terrasse, von der aus sich der Garten fast vollständig überblicken ließ. Sie hatte die fast ellenbogenlangen Handschuhe ausgezogen, denen anzusehen war, daß sie häufig getragen wurden und deren fast stoffweiches rotes Leder sich wie eine zweite Haut um ihre schönen unberingten Hände mit den halblangen dunkelrot lackierten Nägel schmiegten.

Sie saß, die langen wohlgeformten Beine mit den schmalen Fesseln, den schön geschwungenen Waden und den muskulösen Schenkeln, damenhaft lässig übereinandergeschlagen, wobei durch den seitlichen Schlitz ein Teil des Saums ihres Strumpfes sichtbar wurde. Hin und wieder wippte sie gedankenverloren mit dem freien Fuß, was seine Blicke immer wieder unwillkürlich auf ihre Beine zog. Es fiel ihm darüber hinaus gleichfalls nicht leicht, daß sein Blick sich nicht ebenso auf ihrem üppigen, wie bei Rothaarigen üblich, mit Sommersprossen, die er sehr hübsch fand, reichlich verziertem Dekolleté verfing. Sie besaß eine mindestens ebenso körperlich spürbare erotische Ausstrahlung wie ein ausgeprägtes Selbstbewußtsein. Es war für ihn unzweifelhaft, daß sie in so gut wie allen Lebenslagen die Richtung bestimmte.

Durch sie erfuhr er, daß bis zu ihrem Eintritt ins Kuratorium nach dem Tod ihrer Tante die Stiftung den Schöneburg-Nachlaß lediglich verwaltet hatte. Die Stelle des Bibliothekars war lange Zeit nur sporadisch besetzt, es fanden sich nicht immer Bewerber und gab es mal jemanden, blieb er selten länger als ein bis zwei Jahre und ging, sobald er etwas Besseres gefunden hatte. Mehr als daß der Bestand in einem guten Zustand gehalten wurde und ein leider halbherzig erstellter, handschriftlicher Katalog kam nicht dabei heraus. Somit wurde das eigentlich wichtige Statut der Stiftung, den literarischen Nachlaß zu erforschen und eine Gesamtausgabe anzustreben, nicht einmal ansatzweise umgesetzt. Es hatte sich schlechterdings niemand dafür bereit gefunden, trotz der Bemühungen des alten Notars, die er vielleicht auch etwas zu nonchalant betrieben hatte, was Meinald nicht überraschte, schließlich war Schöneburg kein namhafter Autor, mit dem sich in der Fachwelt renommieren ließ. Daran hätte sich vermutlich nie etwas geändert, hätte ihr nicht eines Tages während des Philologiestudiums die Tante mit einer gewissen Begeisterung von Schöneburg und der *Schöneburg-Borsing-Stiftung* erzählt. Gegen Ende ihres Lebens hatte es die alte Dame nämlich immer mehr geärgert, daß sich niemand aus dem Kuratorium wirklich für die Aufarbeitung von Schöneburgs Werk zu interessieren schien, denn ihres Erachtens wurde die Suche nach einem Literaturwissenschaftler allzu halbherzig betrieben. Mehr um ihrer alten Tante einen Gefallen zu tun, hatte sie einen schmalen Band mit Schöneburgs Erzählung gelesen, den sie ihr geliehen hatte. Obwohl sich die einzelnen Geschichten weder im Stil noch vom Inhalt von der Literatur zu Beginn des 20. Jahrhunderts unterschieden, lag doch etwas in ihnen, das sie neugierig werden ließ. Einer ihrer Dozenten, der sich auf die Literatur jener Zeit spezialisiert hatte, kannte Schöneburg zumindest dem Namen nach, wußte aber darüber hinaus nur sehr wenig über ihn zu berichten. Kurz nach Beendigung des Studiums verstarb die Tante und vererbte ihr ihren Platz im Kuratorium der *Schöneburg-Borsing-Stiftung.* Sie fand schnell heraus, daß der alte Notar das Stiftungskapital sicher und vorausschauend angelegt hatte, so daß es sich inflationsbereinigt beinahe verdoppelt hatte. Ihr Vorschlag, die Villa zu modernisieren und die Bibliothek EDV-gestützt zu verwalten, wurde ohne Widerstand angenommen, vermutlich war man sogar froh, daß jemand entschlossen die Sache in die Hand nahm, schließlich befanden sie sich in einem Alter, in dem man vieles von einer anderen, gelasseneren Warte aus sah. Die bis zu ihrem Eintritt ins Kuratorium vor etwas mehr als einem Jahrzehnt lediglich für einige Monate das erste Mal besetzt gewesene, obwohl sehr gut bezahlte Stelle eines Literaturwissenschaftlers, übernahm sie kurzerhand selbst. Meinalds unmittelbarer Vorgänger hatte aus persönlichen Gründen – die offiziell übliche Begründung für das Ausscheiden der Bibliothekare – vor fast einem Jahr gekündigt, nachdem er sie über etwas mehr als ein Jahr bekleidet hatte. Seither war es nicht leicht gewesen, einen Nachfolger zu finden. Aber das sei ja nun auch zu einem – hoffentlich – glücklichen Abschluß gekommen. Sie schenkte ihm dabei ein Lächeln, das ihn warm durchlief und strich sich eine Strähne aus der Stirn, die ein leichter Luftzug dorthin geweht hatte.

Sie schenkte sich eine neue Tasse Tee ein, wobei sie sich leicht vorbeugte und ihm, scheinbar ungewollt, einen etwas tieferen Einblick in ihr Dekolleté gewährte, worauf er für kurz den Atem anhielt. Sie lehnte sich wieder zurück, ein kaum merkliches Lächeln umspielte ihre Mundwinkel, und fuhr in ihren Ausführungen fort.

Der literarische Nachlaß Schöneburgs erwies sich als umfangreicher als sie zuerst angenommen hatte und die augenscheinlich besten Texte waren bisher unveröffentlicht. Was bei näherer Betrachtung verständlich schien, denn Schöneburg, der aufgrund seiner Herkunft ungehinderten Zugang zu den besten Kreisen der Stadt und Umgebung besaß, hat deren Stärken und vor allem Schwächen und reich an pikanten Details ungeschönt niedergeschrieben. Seine Protagonisten hätten sich für die Zeitgenossen trotz Namensänderung und halbherziger Verfremdung leicht identifizieren lassen. Jedoch schien Schöneburg auch nie an eine Veröffentlichung gedacht zu haben, zumindest nicht zu seinen Lebzeiten, das hatte sie seinen Notizen entnommen. Ob sein Bewunderer Borsing davon gewußt hatte, war nicht mehr festzustellen, dessen Wunsch nach Veröffentlichung des gesamten Werkes konnte ein Beleg dafür sein, mußte aber nicht. Auch wenn die Personen in den Texten selbst mit

Klarnamen für den heutigen Leser kaum mehr zu identifizieren seien, so gaben sie doch ein lebendiges Zeitbild ab, eines Heinrich Manns oder vielleicht sogar eines Marcel Prousts würdig – hier ließ sie sich eindeutig von ihrer Euphorie mitreißen, wie Meinald fand – denn Schöneburg hatte seine Gesellschaftsklasse während der Kaiserzeit und der Weimarer Republik durchaus nicht nur aufgrund ihrer Doppelmoral kritisch gesehen.

Als Meinald später auf dem Heimweg war, wußte er nicht, was ihn mehr faszinierte, Bernharda Bechthold-Werner an sich oder was er von ihr über Schöneburgs Werk erfahren hatte. Wie dem auch sei, er hatte genug gehört, um festzustellen, daß diese Stelle in mehrfacher Hinsicht sich von seinen bisherigen unterschied und nicht so beschaulich sein würde, wie es ihm während der ersten Zeit erschienen war, außerdem war er schon lange keiner so schönen Rothaarigen mehr begegnet, was ihm sehr entgegenkam, denn er besaß ein ausgeprägtes Faible für Rothaarige.

3.

Am nächsten Morgen war Bernharda Bechthold-Werner als erste im Büro. Sie trafen sich auf dem Gang. Sie hielt eine leere Tasse in der Hand und war offensichtlich auf dem Weg in die kleine Küche. Er hätte beinahe einen leicht sehnsüchtigen Seufzer ausgestoßen. Sie sah in seinen Augen wieder hinreißend aus in dem knielangen Bleistiftrock aus schwarzem Leder, der weißen

Bluse aus leichtem Stoff, die keinen Zweifel daran ließ, daß sie keinen BH trug, hautfarbene Nahtnylons und schwarze hochhackige Schuhe aus feinem Leder, das schöne Haar lässig im Nacken zusammengebunden, was ihr Gesicht voller erscheinen ließ. Sie hatte sich erneut in kräftigen Farben geschminkt. Ihm war gestern, sah man von ihrem Dekolleté ab, nicht so wirklich aufgefallen, daß auch ihr Teint viele schöne Sommersprossen zierte und er hatte nicht den Eindruck gehabt, daß sie sie überschminkt hatte. Aber schließlich war er eifrig damit beschäftigt gewesen, nicht zu sehr auf ihr Dekolleté und ihre Beine zu schauen, und hatte mehr an ihr vorbei als sie angesehen, so daß es ihm daher entgangen war. Jetzt, auf dem Gang, kaum mehr als einen halben Meter voneinander entfernt stehend blieb ihm nicht anderes übrig, als sie direkt anzusehen, wollte er nicht allzu unhöflich wirken.

»Guten Morgen, Meinald. Ich darf Sie doch Meinald nennen?« Es war eindeutig eine Feststellung und keine Frage.

Er nickte lediglich als Antwort. Er spürte, daß es ihm schwerfiel, dieser Frau etwas abzuschlagen. Er hatte noch keinen Vorgesetzten, der eine derart aus sich selbst heraus entstehende Autorität ausgestrahlt hatte wie sie.

»Schön«, lächelte sie ihn auf eine Weise an, bei der ihm unwillkürlich warm wurde. »Ich habe auf dem Weg hierher frische Croissants besorgt. Es ist wieder ein so schöner Morgen. Sie würden mir eine Freude machen, mir auf der Terrasse bei einer Tasse Tee Gesellschaft zu leisten.«

Eine viertel Stunde später hatten sie sich auf jenem Bereich der Terrasse, der Morgensonne mitbekam eingerichtet. Sie saß, die Beine erneut mit damenhafter Lässigkeit übereinander geschlagen, ihm so zugewandt, daß er nicht anders konnte, als auf diese und ihr üppiges Dekolleté zu schauen, ohne unhöflich zu erscheinen. Täuschte er sich oder war an ihrer Bluse ein Knopf mehr geöffnet? Ihr gelang es schnell, eine entspannte Atmosphäre zu schaffen. Ihm schien es, als wären sie schon lange Kollegen und tranken täglich als erstes gemeinsam Tee. Schnell stellte er angenehmerweise fest, daß sie es offensichtlich nicht störte, ruhte sein Blick auf ihren Beinen oder ihrem Dekolleté, was ihn etwas selbstsicherer ihr gegenüber werden ließ und er bald ungeniert, aber mit der Haltung des ehrlichen Bewunderers, was er ja prinzipiell gegenüber Frauen war, ihre physischen Reize betrachtete. Beim Anblick ihrer schönen Hände wünschte er sich sogar für einen Moment, zärtlich von ihnen berührt zu werden.

Wieder allein in seinem Büro festigte sich bei ihm die Überzeugung, daß sie eine ausgeprägt exhibitionistische Neigung besaß und es ihm wahrscheinlich übel nahm, delektierte er sich nicht an ihrer Erscheinung. Das erinnerte ihn an Marietta, auch eine hübsche, leicht üppige Rothaarige, mit der er während des Studiums fast zwei Jahre zusammen war, bevor sie ihr Studium an einer Uni in einer anderen Ecke der Republik fortsetzte. Sie hatte sich gleichfalls mit Vorliebe körperbetont gekleidet und mit kräftigen Farben geschminkt. Sie genoß offen bewundernde Blicke ebenfalls und bei Menschen, die sie mochte, waren ihr am liebsten begehrliche. Sie kleide sich bevorzugt, wie es ihm am besten gefiele, hatte sie ihm oft versichert, worauf er nur zu gerne eingegangen war. Zog er sie mit den Blicken förmlich aus und war ihm sein Begehren nach ihr nur zu eindeutig vom Gesicht abzulesen, empfand sie es als das schönste Kompliment, das er ihr machen konnte. Er dachte an diesem Morgen das erste Mal seit vielen Jahren und mit einem Anflug von Wehmut wieder an sie. So viel Sex wie mit ihr hatte er seitdem mit keiner Frau mehr und alle hatten sehr gerne welchen gehabt.

Bernharda Bechthold-Werner besaß zu seiner Freude eine ausgeprägte Vorliebe für beinahe stoffweiches Glatt- oder Veloursleder, überwiegend Kostüme mit engen, knielangen Röcken und taillierten Jacken, gelegentlich trug sie auch Hosen, die sich wie eine zweite Haut um ihren Körper schmiegten und ihre etwas zu breiten Hüften auf betörende Weise betonten, hochhackiges Schuhwerk, häufiger Stiefel als Schuhe und meist Blusen aus zarten seidenen Stoffen, mitunter auch Oberteile aus Leder und stets weiche Lederhandschuhe und war immer perfekt mit kräftigen Farben geschminkt und von diesem besonderen dezenten fruchtigen Parfum umweht. Je ungenierter, doch stets respektvoll bewundernd er sie betrachtete, ohne jemals zu vergessen, daß sie seine Chefin war, desto zuvorkommender verhielt sie sich ihm gegenüber. Er brachte gelegentlich ein Kompliment an, wobei das ›kühnste‹ das Geständnis war, daß ihm rothaarige Frauen außergewöhnlich gut gefielen und er Sommersprossen sehr sexy fand, letzteres drückte er eher verschwurbelt als gradlinig aus. An ihrem besonderen Lächeln, das auf ihn auch etwas amüsiert wirkte, als nehme sie es nicht allzu ernst, erkannte er, daß sie es richtig eingeordnet hatte. Später zweifelte er doch, ob er nicht einen Schritt zu weit gegangen war. Vielleicht hätte er nichts gesagt, wenn er nicht seit über einem Jahr mit keiner Frau mehr gevögelt hätte, was auch für ihn lang war.

Nicht, daß er ernstlich irgendwelche Hoffnungen hegte, dennoch interessierte es ihn, ob sie in einer Beziehung lebte. Da sie nie Ringe und auch sonst keinen Schmuck trug, auch das hatte sie mit Marietta gemeinsam, die dieses ganze ›eitle Klunkerzeug‹ reichlich übertrieben fand, würde ihm nichts anderes übrigbleiben, als sie scheinbar beiläufig zu fragen oder zu warten, bis sie irgendeine diesbezügliche Bemerkung machte. Da ersteres ihm zu plump vertraulich schien, mußte er sich also in Geduld fassen. Er konnte sich nicht erinnern, daß ihn außer Marietta jemals eine Frau so fasziniert hatte.

Wenngleich ihre Büros einander gegenüber lagen und die Türen stets leicht geöffnet waren, arbeiteten sie unabhängig voneinander und sahen sich meist nur morgens und nachmittags länger als für einige wenige für die Arbeit notwendigen Worte, wenn sie gemeinsam Tee auf der Terrasse tranken, erlaubte es das Wetter, andernfalls im ›Lesesaal‹, der eigentlich ein Salon war mit großem Sofa, zwei Fauteuils und einer Chaiselongue, alle zwar alt, aber neu mit feinem braunen Leder bezogen. Er liebte diese Teestunden, bei denen ihre nonverbale Kommunikation unübersehbar im Vordergrund stand. Sie unternahm alles, um ihm ein visuelles Vergnügen zu bereiten und er würdigte es stets mit dem Blick des Bewunderers. Sorgte sie dafür, daß ihr Rock beim Sitzen höher hinaufrutschte, als es normalerweise der Fall war, lief ihm ein gewisses elektrisierendes Kribbeln warm den Rücken hinunter, wurden ihm die Handflächen leicht feucht und schlug das Herz auf besondere Weise schneller. Sie bemerkte es daran, daß seine Tasse in seinen Fingern kaum merklich vibrierte. Aus Übermut oder weil sie ihm einen Gefallen tun wollte, sorgte sie ›unauffällig‹ dafür, daß er noch etwas mehr von ihren zartbestrumpften Schenkeln zu sehen bekam. Dabei stellte sie fest, daß er am heftigsten reagierte, trug sie Stiefel, wobei ihn Overknees scheinbar besonders hibbelig werden ließen. Auf ihre engen Lederhosen reagierte er ähnlich, doch schien er zartbestrumpften Beinen den Vorzug zu geben. Sie bezeichnete ihn bei sich längst liebevoll als ihren ›kleinen fetischistischen Bibliothekar‹, denn es freute sie, daß er ihre Fetische teilte. Sein Vorgänger dagegen hatte überhaupt keinen Blick dafür besessen, allerdings war er auch verheiratet und längst nicht so sympathisch wie Meinald, der in ihren Augen ein Frauentyp war, was er vermutlich nicht einmal wahrhaben wollte und ihn wahrscheinlich gerade deshalb so reizvoll für Frauen machte.

Während sie ihn ungeniert auch durch die erotische Brille sah, verbot er sich bisher die leisesten auf sie bezogenen erotischen Gedanken, nicht nur, weil sie seine Chefin war. Prinzipiell war er nicht schüchtern, zumindest nicht mehr als die meisten Männer in seinem Alter, allenfalls etwas introvertierter als es sinnvoll wäre, was aber zu seiner Profession paßte, doch einer solchen Frau fühlte er sich in vielerlei Hinsicht unterlegen, außer vielleicht in intellektueller. Sobald sie literarische Themen anschnitt, wurde er ausgesprochen eloquent, und sie sprach viel und gerne über Schöneburgs Texte, der zudem ein besonderes Talent für die Beschreibung erotischer, teilweise bizarrer Situationen besaß, von denen es viele in seinen unveröffentlichten Texten gab und fast allen war anzumerken, daß sie die erfahrene Realität wiedergaben. Wobei ihm gar nicht bewußt war, daß sie oft das Gespräch auf diesen Teil seines Werks brachte.

Während er an der Vervollständigung des Katalogs arbeitete, war sie die meiste Zeit mit dem Lesen und der Eingabe der Texte beschäftigt, die offenkundig miteinander im Zusammenhang standen. Trotz intensiver Arbeit waren in den zurückliegenden fünf Jahren gerade einmal zwei vollständige Bände der geplanten Neuausgabe fertiggestellt worden, aber noch nicht offiziell erschienen und somit war erst kaum ein Zehntel des Gesamtwerks bearbeitet.

4.

»Morgen nachmittag feiern wir Ihren ersten Monat bei unserer Stiftung mit einem von mir gebackenen Kuchen«, verkündete sie fröhlich kurz vor Feierabend.

»Morgen ist Freitag, da habe ich eigentlich meinen freien Tag«, gab er zaghaft, fast entschuldigend zu bedenken.

»Ach, stimmt ja. Sie würden mir aber eine Freude, könnten Sie es trotzdem einrichten. Es genügt auch, wenn Sie erst am frühen Nachmittag erscheinen, sagen wir gegen 15 Uhr. Dafür dürfen Sie während der kommenden Woche einen Tag Ihrer Wahl freinehmen.«

Eigentlich hatte er für den morgigen Nachmittag etwas geplant, nichts von Bedeutung zwar, aber es war ihm auf eine besondere Weise wichtig. Jedem anderen Vorgesetzten gegenüber hätte er auf seinem freien Tag bestanden, doch er verfiel nicht einmal im Ansatz auf den Gedanken, ihrem Wunsch nicht zu entsprechen, dafür war ihr Tonfall zu bestimmend und – was letztlich den Ausschlag gab – ihm ihre Gegenwart viel zu angenehm.

Der Freitag begann mit Regen, was sich im weiteren Tagesverlauf nur unwesentlich ändern würde, daher wichen sie auf den ›Lesesaal‹ aus. Wenngleich er eine gewisse modische Extravaganz bei ihr gewohnt war, gelang es ihr dennoch, ihn zu überraschen. Der Stoff ihrer schwarzen Bluse bestand nur aus einem Hauch von Schwarz. Ohne den schwarzen, eleganten BH darunter wäre nichts der Fantasie überlassen, da erschienen der Bleistiftrock aus schwarzem Leder, der ihre etwas zu breiten Hüften angenehm betonte, wobei der breite hohe Bund ihre Taille zugleich schmaler erscheinen ließ, und die schwarzen, maßgefertigten Overknees mit etwas mehr als halbhohen Absätzen, die er bereits kannte, in einem etwas anderen Licht, auch hatte sie das Haar mit gepflegter Nachlässig hochgesteckt und mit einer Spange fixiert, was ihr mehr rundes als ovales Gesicht hervorhob. Er mußte innerlich seufzen. Zum wiederholten Mal bedauerte er, daß er sie für unerreichbar hielt. Jemand wie sie wäre kaum ernsthaft an einem leicht introvertierten Bibliothekar interessiert, obschon er um seine Qualitäten als Liebhaber wußte, die nicht nur von Marietta euphorisch gelobt worden waren. Außerdem wußte er immer noch nicht, ob es derzeit einen Mann oder auch eine Frau in ihrem Leben gab, beides konnte er sich bei ihr gut vorstellen, nicht einmal angedeutet hatte sie bisher etwas in dieser Richtung.

Sie begrüßte ihn aufgeräumt, verhielt sich wie jemand, der einen lieben Freund zu Tee und Kuchen eingeladen hatte. Sie erzählte ihm die Anekdote einer kleinen, letztlich unbedeutenden ›Panne‹ beim gestrigen Backen, einem Apfelkuchen aus frischen Äpfeln, der bereits angeschnitten auf dem Tisch im ›Lesesaal‹ stand und diesen mit einem einladenden Aroma von Äpfeln und Zimt erfüllte. Sie hoffe, daß sie nicht allzu großzügig mit dem Zimt verfahren sei, bemerkte sie mit einem fröhlichen Lachen, nachdem er ihren Apfelkuchen nicht allein aus Höflichkeit mit Vorschußlorbeeren bedachte hatte, während sie sich um den Tee kümmerte. Er müsse nichts tun, schließlich sei es sein freier Nachmittag und *sein* Jubiläum, wehrte sie freundlich aber entschieden ab, als er ihr seine Hilfe anbot.

Während der Tee zog, schlug sie die frische Sahne. Sie halte nur wenig von fertigen Sachen, Sprühsahne und Fertigsoßen waren eines davon. Es bereite doch weitaus mehr Vergnügen, all diese Dinge selbst zuzubereiten, und das sei in vielen Fällen kaum aufwendiger als Fertiges zu nutzen. Sie plauderte unbefangen mit ihm übers Kochen und Backen, erwartete keine Antwort und wirkte wie eine Frau, die eigentlich nur improvisierte, weil sie einen unerwarteten Besuch erhalten hatte, dabei überließ gerade jemand wie sie nichts dem Zufall. Er war erstaunt zu erfahren, daß sie eine passionierte Köchin war. Zum ersten Mal erfuhr er wirklich etwas Persönliches von ihr. Er erwiderte, daß er auch gerne koche und backe, leider habe er zu letzterem nur selten Gelegenheit, da er nicht oft Besuch bekomme, der sich für selbstgebackenen Kuchen begeistern könne. Für ihn allein wäre ein Kuchen zuviel, da viele sich nur kurze Zeit hielten und drei Tage hintereinander Kuchen zu essen, wäre selbst einem Kuchenfreund, wie er es sei, zuviel, was ihr ein zufriedenes Lächeln aufs Gesicht zauberte. Auch hierin hatte sie ihn richtig eingeschätzt, aber es war auch nicht schwer, so wie er sich stets beim Tee an den Keksen bediente. Sie kenne das Problem auch und suche stets nach Gelegenheiten, bei denen Kuchen angebracht wäre. Und diesmal sei sein erster Monat eine solche. Ohne sich darum bemüht zu haben, erfuhr er so indirekt, daß sie ebenfalls Single war, was sein Herz für einen Moment vor Freude leicht schneller schlagen ließ, obwohl es nichts an seiner Überzeugung änderte, daß sich nie etwas zwischen ihnen entwickeln würde.

Als sie wenig später im ›Lesesaal‹ einander gegenüber saßen, sie auf dem Sofa, wie gewohnt die Beine mit damenhaft lässiger Eleganz übereinandergeschlagen, er in einem der Fauteuils, jeder ein großes Stück frischen Apfelkuchens auf dem edlen chinesischen Porzellan, das Borsing mit der Villa erworben hatte, eine Tasse dampfenden, heißen Tees vor sich und einen großen Klecks frischer Sahne auf dem Kuchen, wartete sie erwartungsvoll lächelnd auf sein Urteil über ihren Apfelkuchen, obwohl sie überzeugt war, daß er ihm einfach schmecken mußte.

Er löste mit der Gabel ein Stück und nahm es in den Mund. Es schmeckte tatsächlich so gut, wie es duftete und die Zimtmenge war für seinen Geschmack genau richtig, Apfelkuchen mußte nach Zimt schmecken. Sein Lob war demzufolge keine Gefälligkeit und kein Tribut an ihre Position als Chefin. Er genoß seinen Kuchen und kam ihrer Aufforderung, zuzulangen, nur zu gerne nach. Daß sie selbst dem Kuchen reichlich zusprach, freute ihn, zumal ihre Figur die Genießerin leiblicher Genüsse verriet. Jemand, der im Kulinarischen nicht zu genießen verstand, verstand es auch bei anderen leiblichen Genüssen nicht, war er überzeugt und dachte erneut an Marietta, die es ebenso gehalten hatte.

Ihre Unterhaltung verfiel in einen angenehmen Plauderton. Wochenendstimmung machte sich breit. Er fühlte sich so unbefangen in ihrer Gesellschaft wie noch nie zuvor, seine Blicke ruhten offen bewundernd und behaglich auf ihrem Busen, der ihm durch die halbtransparente Bluse und den schönen BH üppiger erschien und zum ersten Mal scheute er sich nicht, auf sie bezogene erotische Gedanken zu hegen. Es mußte einfach schön sein, diesen herrlichen Frauenkörper am eigenen zu spüren, diesen wundervollen, weichen Busen in den Händen zu halten und an ihren Nippeln zu lecken und zu saugen und das Gesicht dazwischen zu betten. Er stand dazu, ein Faible für Frauen mit mütterlichem Busen zu haben. Er würde zwar nie so weit gehen zu behaupten, daß es für ihn bei der Partnerwahl ausschlaggebend war, doch war es schon auffallend, daß seine Ex-Freundinnen ausnahmslos einen besaßen.

Während sie eine Anekdote aus ihrer ersten Zeit im Kuratorium erzählte, wie sie den alten Notar und die beiden netten alten Damen – die bereit waren, alles abzunicken, was der alte Notar für gut befand, daher ging es stets nur darum, ihn zu überzeugen – dafür gewann, Geld in eine umfassende Sanierung des Gebäudes zu stecken, fiel ihr vermeintlich unbeabsichtigt ein großer Klecks Sahne auf den rechten Stiefel oberhalb der Fessel.

»Ungeschickt läßt grüßen. Leider habe ich die unangenehme Angewohnheit, beim Reden mehr als nötig zu gestikulieren, wenn ich in einem Thema aufgehe«, meinte sie mit einem scheinbar verlegenen, doch mehr belustigtem Lächeln.

Der Klecks Sahne auf ihrem rechten Stiefel, der beim langsamen Herunterlaufen auf dem feinen schwarzen Leder eine feuchte Spur hinterließ, faszinierte ihn auf eine besondere, vorerst nicht näher zu definierende Weise, so daß er nicht weiter über ihre Aussage nachdachte, denn bisher empfand er ihre Gesten beim Reden eher als sparsam.

»Wären Sie so freundlich und mir die Sahne vom Stiefel zu lecken, Meinald«, bat sie ihn fast wie beiläufig, aber von einem Tonfall begleitet, der eindeutig eine Aufforderung darstellte.

Er stellte, ohne zu zögern und darüber nachzudenken, was sie da von ihm verlangte, den Teller mit dem halb gegessenen dritten Stück Kuchen auf dem Tisch ab, und kniete sich, als sei es das selbstverständlichste von der Welt, zu ihren Füßen und leckte die Sahne vom Leder. Er leckte sie nicht nur einfach ab, sondern auf eine Weise, wie man in der

Regel über den Schokoladenbezug eines wohlschmeckenden Eises leckt.

Weil er ausgiebig damit beschäftigt war, konnte er ihr zufriedenes Lächeln nicht sehen. Sie hatte ihn auch darin richtig eingeschätzt, obwohl natürlich immer ein Rest Unsicherheit vorhanden war, das leichte Vibrieren in ihrer ansonsten festen Stimme war ihm nicht aufgefallen, oder er hatte es unbewußt ignoriert.

Auch nachdem er die Sahne mit der Zunge entfernt hatte, leckte er noch übers weiche Leder und hätte es noch eine ganze Weile fortgesetzt, wenn sie ihm nicht Einhalt geboten hätte.

»Ich denke, das genügt, Meinald«, sagte sie freundlich, aber auch mit der höflichen Herablassung einer großen Dame ihrem Verehrer gegenüber, der sich so verhielt, wie sie es von ihm erwartete.

Er setzte sich leicht enttäuscht ihr wieder gegenüber und aß weiter von seinem Kuchen, aber ohne wirklich darauf zu achten, auch hörte er ihr nur noch mit halbem Ohr zu, während sie in ihren Anekdoten fortfuhr, als sei nichts weiter geschehen. Seine Aufmerksamkeit war ganz auf ihre Stiefel gerichtet, die ihre schönen Beine wie eine zweite Haut umschmiegten. Sie wippte auffallend intensiv mit dem freien Fuß. Er wünschte sich, erneut über das weiche Leder lecken zu können. Eine Frau in Stiefeln, vor allem Overknees, am liebsten mit Schäften bis hinauf zum Schritt, regte seine Fantasie sehr an. Es erregte ihn sehr, wenn sie beim Vögeln welche trug. Durch Marietta war er in dieser Hinsicht nicht nur verwöhnt, sondern sie hatte ihn überhaupt erst auf den Geschmack gebracht, wie sie ihm vieles schmackhaft gemacht hatte. Für sie hatte es einen starken sexuellen Reiz bedeutet, beim Sex Stiefel zu tragen, bevorzugt mit hohen Absätzen und häufig hatte er sie ihr geleckt, doch hatte sie niemals Sahne ›unbeabsichtigt‹ darauf fallen lassen, sondern bewußt darauf geschmiert, oft mit Sprühsahne eine Spur von ihrem Rist bis hinauf zur Möse gezogen. Sie hatte häufig in einem fröhlichen Ton bemerkt, daß sie nicht verstehen könne, wie eine Frau nicht augenblicklich geil wurde, sobald sie schritthohe Stiefel trage und sie froh sei, daß es bei ihr der Fall wäre. Er erinnerte sich mit leichter Wehmut an das Bild, wie sie beim Sex lediglich schritthohe Stiefel und oberarmlange Lederhandschuhe trug. Für sein Empfinden ging sie dann besonders heftig ab. Wie wohl Bernharda in dieser Aufmachung auf ihn wirkte?

Er war bereits überzeugt, daß das ›Unglück‹ mit der Sahne ein einmaliges bleiben würde, da landete erneut ein Klecks Sahne auf ihrem Stiefel, diesmal mitten auf dem Rist.

»Heute scheine ich zwei linke Hände zu haben. Wären Sie wieder so freundlich, Meinald.« Diesmal lag nicht einmal mehr der Hauch eines Zweifels über seine Folgsamkeit in ihrer Stimme und sein Herz hüpfte vor Freude, weil ihr erneut ›versehentlich‹ Sahne darauf gefallen war und er sie wieder ablecken durfte. Er leckte ihr daher auch diesen Klecks mit derselben Begeisterung ab wie den vorhergehenden.

Diesmal gönnte sie ihm und somit auch sich die Freude, ihn spürbar länger als notwendig über das weiche Leder der Stiefel lecken zu lassen.

»Weiter oben ist auch etwas.« Sie sagte es in einem vermeintlich beiläufigen Tonfall.

›Weiter oben‹ war natürlich nichts, aber das störte ihn noch weniger als sie, denn er entfernte die imaginäre Sahne dort aufmerksamer als zuvor die reale, was sie wiederum noch etwas kühner werden ließ. Sie liebte es, die Grenzen ihres Einflusses schon zu Anfang auszutesten.

»Ich glaube, am Absatz ist ebenfalls etwas. Manchmal spritzt die Sahne dorthin, wo man es gar nicht erwartet.« Sie streckte ihm das Bein entgegen.

Er legte ihr die Rechte zärtlich unter die Wade, während er ihr mit einem eifrigen Nicken beipflichtete und umspielte den schlanken Absatz mit der Zunge, als handelte es sich um den Schokoladenbezug einer wohlschmeckenden Gebäckstange.

Während er sich ganz ihrem Absatz widmete, ruhte ihr Blick auf seinen breiten Schultern, aß sie von ihrem Kuchen und trank Tee. Ob er wußte, wie verführerisch sein Rücken in dieser Position auf eine Frau wirkte? Diese Introvertierten waren immer wieder für eine Überraschung gut, obwohl die Art und Weise, wie er sie seit ihrer ersten Begegnung ansah, kaum etwas anderes erwarten ließ. Ob er sie schon einmal als ›Wichsvorlage‹ benutzt hatte? Bei diesem Gedanken durchströmte sie ein wohliges Kribbeln und nicht nur aufgrund ihres Exhibitionismus.

Es war ohnehin die Frage, wer von ihnen es mehr bedauerte, als sie meinte, es sei vorerst genug und er sich wieder setzte.

Dieses kleine ›Spiel‹ hatte sie gleichermaßen erhitzt und eine Intimität zwischen ihnen geschaffen, die er nie für möglich gehalten hätte. Obzwar er mit seinem Lecken nicht unmittelbar ihre Haut berührt hatte, durchströmte sie als Folge ein betörendes Kribbeln, als es eine direkte Berührung ihrer Haut durch ihn erreicht hätte. Es war ihr schon länger nicht mehr widerfahren, daß sie während einer solchen Situation dermaßen feucht im Schoß geworden war, wobei das Tragen von hochhackigen und langschäftigen Stiefeln bereits an sich einen erotischen Genuß für sie bedeutete, darin unterschied sie sich nur marginal von Marietta, was er aber noch nicht wußte. Sie hätte es gerne noch etwas weiter getrieben, aber sie wollte ihm den nächsten Schritt überlassen, weil sie nicht sicher war, ob er sich später nicht vielleicht doch überrumpelt fühlen könnte, wenn sie das Heft in der Hand behielt und allzu schnell voranschritt. Sich von ihm die Stiefel lecken zu lassen war längst nicht so intim wie die Möse. Irgendwie war sie ja auch seine Chefin, wenngleich er der einzige Angestellte der Stiftung war, sie fast immer unter sich und faktisch nicht damit rechnen mußten, daß jemand unangemeldet vorbeikam. Aber sie wünschte sich nun einmal, daß er nun seinerseits die Initiative ergriff und sie nicht nur ›heimlich‹ anhimmelte, wie ein verliebter Schüler seine schöne Lehrerin. Sie war überzeugt, daß er es verstand, eine Frau mit Charme zu ›erobern‹, wenn er wollte, schließlich hatte er ihr bereits einige ehrliche Komplimente gemacht, doch leider viel zu wenige und zu vorsichtige, als fürchtete er, sie könnte sie als sexuelle Belästigung empfinden. Dabei konnte niemand sie ernsthaft sexuell belästigen, wenn sie nicht ausdrücklich darauf bestand, kam ihr einer zu dumm, erhielt er eine entsprechende Antwort, so daß er es sich beim nächsten Mal reiflich überlegen würde. Und jemand, der ihr sympathisch war, konnte es sowieso nicht, denn dessen Äußerungen würde sie immer als Kompliment empfinden, das allenfalls etwas ›schräg‹ rüberkam. Was sprach in seinem Fall beispielsweise dagegen, ihr zu sagen, daß er ihre Stiefel unglaublich sexy fand, oder einfach nur chic. Ein Mann, der einer Frau sagt, sie sei chic, meint doch selten etwas anderes als sexy oder vergleichbares. Daß er ihre Stiefel sexy fand, war eine Tatsache, so wie er darüber geleckt hatte, insofern wäre ›geil‹ das richtige Adjektiv und eine Erektion hatte er auch dabei bekommen, das sah sie an der stärkeren Wölbung seiner Hose im Schritt. Sobald es Literatur und ähnliches betraf, war er doch auch von einer fast beneidenswerten Eloquenz, dem konnte selbst sie manchmal nur wenig entgegensetzen. Dagegen war er lediglich enttäuscht, daß sie nicht noch mehr Sahne auf ihre schönen Stiefel kleckerte. Es war nicht Unerfahrenheit, sondern lag in seinem Wesen begründet, daß er die Gunst der Stunde nicht erkennen konnte oder auch wollte, wenngleich er durchaus daran gedacht hatte, ihr bezüglich ihrer Stiefel ein Kompliment zu machen.

Auch als er wieder zu Hause war, kam ihm das im Rahmen ihres bisherigen Verhältnisses zueinander Ungewöhnliche des während des gemeinsamen Kuchenessens erfolgten Leckens ihrer Stiefel nur ansatzweise in den Sinn. Bei ihr erschien ihm so etwas irgendwie als selbstverständlich.

Sie dagegen lag, nachdem er gegangen war, noch eine Zeitlang nachdenklich auf der Chaiselongue. Sie hatte anfangs gehofft, daß das Kuchenessen den Einstieg für ein lustvolles Wochenende zu zweit bildete. Vielleicht hätte sie doch auf einen BH zur Bluse verzichten sollen. Den Wink mit dem Zaunpfahl müßte auch er verstehen. Sie wußte schließlich, daß ihm ihr üppiger Busen ausnehmend gut gefiel, sie liebte ihn ja auch sehr. Nun, vielleicht kam ihm übers Wochenende doch der entscheidende Gedanke oder je nachdem ihr. Nun, man würde sehen.

5.

Der entscheidende Gedanke kam *ihm* übers Wochenende selbstverständlich nicht. Die mehrfache Rekapitulation erbrachte bei ihm lediglich, daß er sie nun wirklich anhimmelte wie ein pubertierender Schüler seine schöne Lehrerin. Sie dagegen entschloß sich, die ›Festung‹ sturmreif zu machen, in dem sie sich nur noch auf eine Weise kleidete, von der sie wußte, daß es ihm besonders zusagte. Irgendwann müßte es ihn von allein lechzend zu den üppigen Futtertrögen hinziehen.

Bei ihrer Teestunde am Montag zeigte sich der Frühling wieder von seiner besten Seite, weshalb sie diese wieder auf der Terrasse zelebrierten. Sie hatte sich für ein ärmelloses Oberteil, das ihren Busen üppiger erscheinen ließ und einen Rock, dessen Schlitz sich mit einem durchgehenden hinteren Reißverschluß beliebig variieren ließ und den sie bis zur Hälfte geöffnet hatte, beide aus bordeauxfarbenem Leder und Overknees mit hohen Absätzen aus schwarzem Veloursleder entschieden. Auf die hatte er bisher auch immer mit leuchtenden Augen gesehen. Um es ihm nicht allzu leicht zu machen, wenn sie das wollte, könnte sie ihm auch gleich sagen, daß sie ihn vögeln will, begrüßte sie ihn, als habe sich am vergangenen Freitag nichts weiter als ein gewöhnliches Kuchenessen abgespielt und bestünde nichts als ein gutes kollegiales Verhältnis zwischen ihnen.

Aus einem unerfindlichen Grund glaubte er ihren Worten mehr als ihren Gesten und wußte nicht, ob ihm ihre freundliche Distanz im Gegensatz zum vergangenen Freitag recht oder ob er leicht enttäuscht sein sollte. Da sie ihn mit keinem Wort erwähnte, wenn auch aus rein taktischen Gründen, unterließ auch er jede Andeutung. Daß sie sich für ihn so gekleidet hatte, erkannte er noch weniger.

Sie saß entspannt zurückgelehnt, die Beine sichtlich kokett übereinandergeschlagen. Sie hatte absichtlich ein literarisches Thema angeschnitten, von dem sie wußte, daß er dazu besonders viel und interessantes zu sagen hatte, damit sie ihm eine Weile bei seinen Ausführungen zuhören konnte, um zu beobachten, wie er sie ansah und auch um darüber nachzudenken, wie sie sich ihm gegenüber vorläufig taktisch klug verhalten sollte. Gelegentlich nickte sie zustimmend, umspielte ein freundliches Lächeln ihre vollen, schon leicht aufgeworfenen Lippen, drehte sie ihre Tasse gedankenverloren in den Händen, hauptsächlich damit sein Blick sich auch auf ihre Hände richtete. Sie wußte, daß sie ihm gleichfalls gefielen. Sie sollte sich schon arg täuschen, wenn er sich nicht bereits vorgestellt hatte, wie sie seinen Schwanz anfaßte und ihn zum Orgasmus massierte. Sie traute ihm zu, daß es ihm am liebsten wäre, trug sie enge Lederhandschuhe, schließlich sah er ihr mit einem besonderen Blick zu, streifte sie ihre ab oder zog sie an. Immer wieder drehten sich ihre Gedanken um die Frage, wie sie ihn dazu bringen konnte, daß er forscher wurde, ohne ihn direkt dazu aufzufordern. Aber außer sich zu kleiden, wie er sie gerne sah, fiel ihr vorläufig nichts weiter ein, als seine devote Ader auszunutzen. Mal schauen, wie gut er in Fußmassage war.

»So richtig eingelaufen sind meine Stiefel offenbar doch noch nicht«, bemerkte sie wie beiläufig, als er seine Ausführungen für einen Schluck Tee unterbrach. »Wären Sie so freundlich, mir meine leicht gestreßten Füße zu massieren.«

Noch ehe er so richtig nachvollziehen konnte, was sie

wollte, hatte sie ihm bereits den rechten Fuß in den Schoß gelegt. Beinahe hätte er seinen Tee verschüttet, was sie innerlich schmunzeln ließ. Seine Überraschung besaß beinahe etwas Rührendes.

Er stellte die halbleere Tasse mit einer leicht fahrigen Bewegung auf dem Tisch ab und strich mit einer eindeutig zärtlichen Geste übers weiche Leder, dann öffnete er mit leicht zitternden Finger den Reißverschluß des Stiefels. Er war glücklich, ihr diesen Wunsch zu erfüllen. Er dachte keinen Moment darüber nach, daß ihre Stiefel zwar gepflegt waren, aber als neu konnten sie allenfalls mit nur mit sehr viel Wohlwollen bezeichnet werden. Er zog ihr den Stiefel aus, legte ihn behutsam auf den Boden und betrachtete angetan ihren wohlgeformten und gepflegten Fuß, dessen Nägel im selben Farbton wie die ihrer Finger lackiert waren, die durch den zarten Stoff ihrer braunen Nylons perlmutten schimmerten und von dem ein leichtes Aroma von Schuhleder, Fußschweiß und Lavendel ausging, bevor er mit der Massage begann.

Es war eine spontane Eingebung, ihr schmerzte der Fuß durchaus etwas, doch nicht, weil die Stiefel ›neu‹ waren, sie waren fast schon zu gut eingelaufen, denn sie gehörten zu ihren bevorzugten, sondern weil sie am Morgen etwas ungeschickt aufgetreten war, als sie aus der Dusche kam. Es wäre auch so nicht schlimm, wären seine Massagekünste bescheiden, doch zu ihrer angenehmen Überraschung verstand er es sogar ausgezeichnet, weshalb ihr mehrfach unbeabsichtigt ein wohliges Schnurren entfuhr.

»Meinald, warum haben Sie mir verschwiegen, daß Sie ein Könner der Fußmassage sind?« bemerkte sie ehrlich erstaunt, dieser Mann war wirklich ein Überraschungspaket, das beinahe unerschöpflich schien.

»Eine Ex ließ sich von mir täglich die Füße massieren, da lernt man es mit der Zeit. Und die meisten Frauen mögen es, massiert man ihnen die Füße, besonders wenn sie hohe Absätze mögen«, antwortete er bescheiden und natürlich handelte es sich bei jener Ex um Marietta.

Sie glaubte ihm nicht ganz, nur ein Mann, der ein Faible für Frauenfüße besaß, erreichte eine solche Meisterschaft darin, Marietta hatte es aufgrund ihrer erotischen Vorlieben nur als erste erkannt und entsprechend gefördert.

Er massierte ihre Füße nicht nur gekonnt, sondern auch ausgiebig, was ihr nicht nur ein wohliges Gefühl in ihnen bescherte, sondern von diesen unmittelbar hinauf in ihren Schoß floß und ihre Lubrikation derart anregte, daß es ihr sogar leicht an den Innenseiten der Schenkel hinunterlief, ohne daß sie es durch erotische Gedanken unterstützen mußte. Sie hatte ohnehin den Eindruck, in der letzten Zeit leichter erregbar zu sein. Über ein halbes Jahr ohne Sex mit einem Mann hinterließen ihre Spuren, daran änderte auch häufiges Onanieren nichts, das eine ihrer Lieblingsbeschäftigungen war, war sie mit sich allein.

Die Massage ihrer schönen Füße führte wenig überraschend dazu, daß ihre Teepause beträchtlich länger dauerte als gewöhnlich.

Sie ergriff nun mindesten zwei- bis dreimal am Tag die Gelegenheit einer Fußmassage durch ihn, was er selbstverständlich hingebungsvoll tat. Schnell wurde er etwas forscher, denn er bezog immer häufiger auch ihre Fesseln und Waden mit ein, wobei es viel mehr das zärtliche Streicheln des Liebhabers denn eine Massage war. Er berührte auch ihre Stiefel ausgiebiger, bevor er sie ihr auszog. Sie konnte beobachten, wie sich dabei seine Hose im Schritt stets leicht wölbte und empfand darüber innere Zufriedenheit.

Ihm fiel zwar auf, daß sie seit jenem Freitag ausschließlich Stiefel und überwiegend Overknees trug, aber er brachte es nicht mit seiner Vorliebe für diese in Verbindung, wobei es für ihn nebensächlich war, ob sie Röcke oder enge Lederhosen dazu trug. Er öffnete stets betont langsam den Reißverschluß, zog ihr den Stiefel bedächtig vom Fuß und legte ihn ebenso behutsam neben sich auf den Boden, von einem sehnsüchtigen Blick begleitet. Sie sah ihm an, daß er nur zu gerne an ihm gerochen hätte, um das Aroma von Leder und Fußschweiß genüßlich in sich aufzunehmen. War er nicht imstande sich vorzustellen, daß es ihr gefiel, tat er es vor ihren Augen? Kam er nicht auf die Idee, daß sie es Kompliment empfand? Bisher hatte er ihr keins über ihre Overknees gemacht. Dabei ejakulierte er vermutlich sogar gerne einer Frau über ihre. Bei diesem Gedanken durchfuhr sie der Wunsch, daß er es über ihre täte.

Waren ihre Nylons leicht feucht vom Fußschweiß, was bei den immer häufigeren warmen Tagen beinahe die Regel war, konnte sie förmlich sehen, wie es ihn warm durchfuhr. Ein leichtes Schwitzen in ihren Stiefeln mochte sie schließlich. Trotz allem berührte er sie nie übers Knie hinaus, davon, daß er ihre Zehen in den Mund nahm und daran leckte und saugte und den zarten Stoff naß mit seinem Speichel machte, ganz zu schweigen. Wie schön wäre es gewesen, wenn er ihr den Stiefel über ihre von seinem Speichel feuchten Nylons gezogen hätte. Sie hätte so gerne seine kundigen Finger an den sensiblen Innenseiten ihrer Schenkel und vor allem an ihrer Möse gespürt. Sie traute ihm durchaus zu, daß er sie zum Ejakulieren brachte, was sie liebte und schon länger nicht mehr durch einen Mann erlebt hatte, weshalb bisher auch niemand mehr wirklich Gnade bei ihr gefunden hatte.

Wenngleich es ihre Geduld auf eine harte Probe stellte, zu warten, bis er den entscheidenden Schritt tat, speiste sie ihren Langmut aus der Erkenntnis, daß es für eine Frau wie sie nicht leicht war, einen Mann zu finden, der um ihrerselbst willen mit ihr zusammen sein wollte und sich traute, ihr gegenüber forsch aufzutreten. Diejenigen, die in ihr lediglich ein ›Aushängeschild‹ für ihren Erfolg sahen, wenn ihnen eine Beziehung mit ihr gelang, waren leicht auszusortieren, weil sie in der Regel ihre Selbstgefälligkeit allzu offensichtlich zur Schau stellten. Doch leider fühlten sich zu viele von ihrer Schönheit und noch mehr von ihrem selbstbewußten Auftreten eingeschüchtert und glaubten, daß nur ganz bestimmte Männer bei ihr eine ernsthafte Chance besaßen. Zwar stimmte es mit den ganz bestimmten Männern, aber das waren andere als die, die man ihr unterstellte. In Wahrheit fühlte sie sich zu den leicht versponnenen Bücherwürmer hingezogen, wie Meinald sie repräsentierte, für die Devotheit eine romantische Verehrung der geliebten Frau darstellte und die oft verdammt super im Bett und nicht selten sehr ausdauernd und ihr intellektuell ebenbürtig waren, wovon bei den Erfolgsverwöhnten in der Regel nicht die Rede sein konnte, die waren oft nach fünf Minuten fertig, davon überzeugt, daß es für eine Frau eine große Ehre sein mußte, von ihnen gefickt zu werden und erwarteten anschließend auch noch frenetischen Beifall. Auf diese Zeitgenossen konnte sie getrost verzichten, da verschaffte ihr selbst ein Vibrator mit fast leerem Akku mehr sexuelle Wonnen.

Andererseits reizte sie es auch, ihn subtil, oft aber auch recht eindeutig zu provozieren, damit er sich ihr entschlossen näherte. Er mußte sie ja nicht gleich im kleinen Kopierraum an die Wand drücken, ihr die Hand in den Schritt legen, um ihren Erregungsgrad zu überprüfen, um sie dann im Stehen durchzuvögeln als hätte er bereits seit Monaten keine Frau mehr gehabt und wüßte, daß er auch für Monate keine mehr haben würde, wenngleich ihr das nicht nur in der Fantasie gefiele. Täte er es tatsächlich, hätte sie bestimmt schon einen Orgasmus, sobald er in sie eindrang. Entwickelte sich alles, wie von ihr beabsichtigt, würde sie ihm auch noch beibringen, sie aus plötzlich aufflammender Geilheit in eine Ecke zu drücken und sie ungefragt durchzuficken, denn damit würde er ihr mehr als mit vielem anderen zeigen, wie sehr er sie begehrte. Aber vorläufig waren kaum mehr als wirklich nur sehr kleine Schritte auf dem Weg zum Ziel möglich, die sich manchmal nur marginal vom Stillstand unterschieden.

Neben den Fußmassagen ließ sie ihn wiederholt Dinge aufheben, die ihr ›ungeschickterweise‹ hinuntergefallen waren und ausgerechnet so lagen, daß er vor ihr knien mußte, um sie aufzuheben und ihm dabei rein zufällig tiefe Einblicke zwischen ihren Schenkeln gewährt wurden, zu Beispiel, daß ihre engen Lederhosen, die eher schon Leggings waren, einen halb durch den Schritt verlaufenden Reißverschluß besaßen, so daß sie sie beim Sex nicht ausziehen mußte und unter ihren Röcken grundsätzlich nichts trug, nicht einmal das natürliche Haar. Doch er hob lediglich brav die Dinge auf, wiewohl er dabei das ihm Gebotene hinlänglich betrachtete, aber den offensichtlichen Hinweis ›Bitte sich zu bedienen‹ anscheinend nicht zur Kenntnis nahm. Aber selbst wenn sie ihn auf ihrem Venushügel in großen roten Lettern tätowieren ließ, würde seine Reaktion nicht anders ausfallen.

Immer häufiger berührte sie ihn bei jeder Gelegenheit ›zufällig‹ und doch eindeutig genug. Daß sie ihm nicht besitzergreifend in den Schritt faßte, war das einzige, was sie nicht unternahm. Sie spürte, wie wohlig ihn diese Berührungen durchströmten und er genauso viel Lust auf sie hatte wie sie auf ihn. Doch er ging nie weiter als bis zu dem ihm offen Erlaubten und siezte sie weiterhin.

Manchmal hob sie ihren ›versehentlich‹ heruntergefallenen Gegenstand selbst auf, ihm dabei den Po einladend entgegenstreckend, über den sich das weiche Leder ihres Rocks oder ihrer Hose auf eine betörende Weise spannte und ihm für einen Moment den Atem stocken ließ, was sie an seinem erhitzten Gesicht sah, wenn sie sich ihm wieder mit einem besonderen Lächeln zuwandte, aber auch hier traute er sich nicht, die Initiative zu ergreifen.

Allerdings fragte sie sich bald, ob er sie am Ende mit seiner Passivität bewußt herausforderte, er das Spiel schon längst umgekehrt hatte und nun sie ›dominierte‹. Männer beherrschten die Hinhaltetaktik mitunter auch ganz gut und brachten Frauen dazu, mit ihrer Körpermitte zu denken und sich von ihren Hormonen steuern zu lassen. Sie verleugnete vor sich nicht, daß es bereits genug Momente in ihrem Leben gegeben hatte, in denen sie ausschließlich fotzengesteuert agiert hatte und es waren nicht immer angenehme gewesen, wie sie sich mit einem tiefen Seufzer eingestand. Die Erkenntnis darüber war mit ein Grund für ihr derzeitiges Singledasein.

Selbst wenn er den Spieß umgedreht haben sollte, was sie ihm durchaus zutraute, wenn auch mehr unbewußt als berechnend, so blieb es weiterhin reizvoll für sie, da es ihren Exhibitionismus befriedigte, denn wenn sie vor ihm gebeugt stand, spürte sie seine lüsternen Blicke auf ihrem drallen Hintern und auch sonst lag viel Lüsternes in seinem auf ihr ruhenden Blick. Sie würde diesen ›Machtkampf‹

schon noch gewinnen und wenn sie ihn doch verlor – wobei sie ihn auch dann gewinnen würde, wenn auch auf eine andere Weise – konnte er sich auf etwas gefaßt machen.

Dabei lag ihm nichts ferner, als sie durch eine gezielte Hinhaltetaktik kirre zu machen. Ihm gefiel es, wie es war. Sie machte ihm mit ihren vielen kleinen Anweisungen, insbesondere ihr auf den Boden gefallene Dinge aufzuheben und zwei- bis dreimal täglich die Füße zu massieren, bereits glücklich. Natürlich würde er gerne mit ihr vögeln, aber er fürchtete, daß dadurch diese besondere Atmosphäre zwischen ihnen in eine andere umschlagen könnte. Er wußte tatsächlich nicht, ob er schon bereit für eine neue Beziehung war und ob es überhaupt sinnvoll war, mit seiner Chefin eine zu haben. Auf den Gedanken, daß sie ihm kündigen könnte, weil er sich ihr nicht verbindlicher näherte, kam er nicht. Er glaubte nicht daran, daß sie ihre Macht als Arbeitgeberin auf eine solche Weise ausnutzte, außerdem müßte sie es ja vor dem alten Notar rechtfertigen. Allerdings kam er nicht auf den Gedanken, diesen in einem solchen Fall über den wahren Grund aufzuklären. Tatsächlich war sie viel zu froh, einen qualifizierten Bibliothekar gefunden zu haben, der sich auch für Schöneburg als Autor zu interessieren schien, als daß sie eine solche Möglichkeit überhaupt in Erwägung zog, sollte er sich ihr letztlich doch verweigern, woran sie wiederum nicht glaubte, andernfalls würde er sich ihr gegenüber anders verhalten.

Wenngleich ihre ›Spielchen‹ einen ziemlichen Teil ihres Arbeitstages einnahmen, kamen sie mit ihrer eigentlichen Arbeit doch recht gut voran. Die besondere Atmosphäre, die sie gemeinsam geschaffen hatten, beflügelte ihre Schaffenskraft. Ihr Arbeitstag wurde von außen auch kaum unterbrochen, das Telefon klingelte selten und auch nur wenig relevante E-Mails waren zu beantworten. Nur der Montagvormittag erfüllte die Villa für wenige Stunden mit Leben, wenn die Reinigungsfirma zugange war. Freitagnachmittag, an seinem freien Tag, kam der Gärtner.

6.

Dann kam der Tag, an dem ihre Geduld mit ihm schließlich doch erschöpft war und sie sich eingestehen mußte, daß sie den ›Machtkampf‹ zwischen ihnen verloren hatte, wofür sie ihm nun die Gesamtrechnung präsentieren würde. Hoffentlich war er nicht allzu masochistisch verlangt, denn das würde ihr einen beträchtlichen Teil ihrer Genugtuung nehmen. Er hätte besser daran getan, nicht die Sadistin in ihr zu wecken.

Sie hatte einen kühlen, regnerischen Tag für seine Lektion gewählt, damit es nicht sonderlich auffiel, daß sie einen wadenlangen, taillierten roten Ledermantel trug. Er sollte nicht sogleich ihr enges, ärmelloses Kleid aus dem gleichen Leder, das kaum ihren Po bedeckte und ihren üppigen Busen betonte, sehen, sowie ihre gleichfalls roten maßgefertigten Stiefel, deren Schäfte bis hinauf zum Schritt reichten und je nachdem wie sie beim Gehen die Hüften wiegte, sogar leicht an ihren Schamlippen rieben, und die bis unter die Achseln reichenden, fast stoffweichen Lederhandschuhe, die sich um ihre Hände und ihre Arme so eng schmiegten, daß sie sie nicht anziehen konnte, ohne vorher Hände und Arme einzucremen, was das Leder und ihre Haut gleichermaßen schön weich und geschmeidig machte. Das Haar hatte sie zum Zopf geflochten, auch wenn sie sich nicht anders als gewöhnlich geschminkt hatte, so wirkte sie älter und strenger.

Sie betrat die Villa bewußt eine halbe Stunde später als gewöhnlich. Meinald wollte ihr schon eine SMS schicken und fragen, ob es ihr gut ginge und wann sie eintreffen würde, da hörte er ihren entschlossenen Schritt im Treppenhaus. Sie grüßte ihn freundlich wie jeden Morgen, gab ihm keine Erklärung für ihre vermeintliche Verspätung, er traute sich auch nicht zu fragen, und wechselte auch sonst kein Wort mit ihm, was sie bisher noch nie getan hatte, sondern schloß gleich die Tür ihres Büros hinter sich.

Er betrachtete eine Weile die geschlossene Tür und versuchte sich einen Reim darauf zu machen. Er empfand sie zwar wie gewohnt hinreißend, aber abgesehen vom langen Ledermantel und dem strengen Zopf, war an ihrer Aufmachung für ihn nichts Neues. Er kam natürlich zu keinem Ergebnis, weil er es nicht einmal im Ansatz auf sich bezog und ging in sein Büro zurück, dessen Tür er wie gewohnt leicht offen ließ. Es gelang ihm aber nur unzureichend, sich auf seine Arbeit zu konzentrieren. Er horchte angespannt darauf, ob sie ihre Tür öffnete, oder ob irgendwelche Geräusche zu ihm drangen, doch die Türen waren alt und schwer und dämpften Geräusche daher sehr gut.

Sie setzte sich mit einem Lächeln an den Schreibtisch und legte die Füße wenig damenhaft darauf. Sie hatte ihm sicherlich etwas zu denken gegeben. Sie holte ihr Mobiltelefon aus der Manteltasche und legt es auf den Tisch. Wie lange sollte sie ihn ›schmoren‹ lassen? Wobei es eher darauf hinauslief, wie lange *sie* bis zum nächsten Schritt aushielt, denn es juckte ihr sehr in den Fingern und nicht nur dort. Eine halbe Stunde wäre zu kurz, eine sicherlich besser, aber ob *sie* so lange durchhielt?

Sie setzte sich aufrecht hin, startete den Rechner und schaute nach den E-Mails. Wie gewohnt waren es nicht viele, überwiegend Newsletter von kulturellen Institutionen, die sie im Lauf der Zeit abonniert hatte und eine einige der üblichen Spams. Derzeit schienen Potenzmittel wieder der Renner zu sein. Sie schmunzelte. Meinald benötigte sicherlich keine. So, wie er sie immer ansah, war eindeutig *sie* sein ›Potenzmittel‹. Beinahe hätte sie bei diesem Gedanken laut losgelacht, aber sie beherrschte sich, sie war nicht sicher, ob man es nicht doch durch die dicke Tür gehört hätte. So wohl artikuliert ihre Stimme im normalen Gespräch auch war, wußte sie nur zu gut um ihre reichlich vulgäre und sehr laute Lache, die sich ihrer Kontrolle entzog, ebensowenig war es ihr beim Sex unmöglich, leise zu sein, was ihr aber gleichgültig war, wem es nicht gefiel, der mußte eben weghören.

Sie vertrieb sich mit dem Lesen der teilweise durchaus interessanten Newsletter die Zeit bis zum Ablauf einer Stunde, dann nahm sie ihr Smartphone in die Linke und öffnete leise die Tür, die lautlos und leicht in den Angeln lief. Sie erblickte ein Stück von seinem linken Arm durch seine leicht offenstehende Tür. Er schien nichts gehört zu haben. Zur Sicherheit wählte sie seine Büronummer mit Rufnummernunterdrückung. Als es zum ersten Mal klingelte, schlich sie auf Zehenspitzen zum ›Lesesaal‹. Sie war froh, daß es ihr auch auf hohen Absätzen problemlos gelang, lautlos zu gehen, wobei sie der Teppichboden unterstützte.

Er nahm nach dem dritten Klingeln ab und meldete sich. Sie hatte bereits den halben Weg hinter sich. Sie beendete das Gespräch. Ob er sich bei diesem zur Ablenkung getätigten Anruf, damit er nicht unerwartet das Büro verließ, etwas dachte? Vermutlich nichts, wie sie ihn einschätzte, aber letztlich hätte sich niemand etwas dabei gedacht.

Sie betrat den ›Lesesaal‹ und schloß die Tür behutsam hinter sich. Jetzt brauchte sie nicht mehr auf Zehenspitzen zu schleichen wie eine Diebin. Sie ging zur Kommode, die neben dem rechten Fenster stand und auf der ein länglicher schwarzer Lackkasten mit einem vermeintlich japanischen Muster auf dem Deckel lag. Sie betätigte den leicht versteckt angebrachten Öffner und der Deckel sprang auf. Zum Vorschein kamen verschiedene Gerten und Rohrstöcke, zwei mit schwarzem Leder bezogen, sowie zwei Riemenpeitschen, eine mit weichen, die andere mit harten Lederriemen. Wenn das übrige Kuratorium wüßte, was sich hier schon so alles zugetragen hatte, dachte sie mit einem Schmunzeln, schließlich war das Ambiente ideal für stilvolle Sessions und die Chaiselongue zum Vögeln. Es sollte sie schon wundern, wenn dieses Möbel nicht einst in erster Linie dazu kreiert worden war.

Sie holte einen Schlüssel aus der Manteltasche und schloß die obere Schublade der Kommode auf. Sie hatte das einfache Schloß gegen ein modernes und solides austauschen lassen, das sich auf den ersten Blick vom alten nicht unterschied. Hand- und Fußfesseln aus Leder und anderes ›Spielzeug‹ einschließlich diverser Seile kamen zum Vorschein.

Nach kurzem Überlegen entschied sie sich für eine solide Gerte. Schublade und Kasten ließ sie offen. Sie knöpfte den Mantel auf, atmete tief durch und schickte ihm eine SMS, daß sie ihn im ›Lesesaal‹ erwarte. Anschließend postierte sie sich leicht breitbeinig stehend, die Knie durchgedrückt mitten im Raum, die Gerte mit beiden Händen vor sich haltend. Sie warf kurz den Kopf in den Nacken und versuchte so unerbittlich wie möglich dreinzuschauen. Ihr Herz schlug schneller. Wie würde er reagieren? Auch wenn sie überzeugt war, daß er darauf einging, blieb ein Rest Unsicherheit. Es war ihm tatsächlich gelungen, sie kirrer zu machen, als sie angenommen hatte, aber dafür konnte er sich nun auf etwas gefaßt machen.

Sie mußte nicht lange warten, wenngleich es ihr länger vorkam und sie spürte, wie ihre Hände in den Handschuhen feucht wurden. Es bildete sich auch Schweiß unter den Achseln, doch das war weniger ihrer Aufregung geschuldet, als daß der Mantel doch etwas zu warm für diese Jahreszeit war. Aber ihn würde sicherlich nicht stören, wenn die Frau, die er begehrte, nach frischem Schweiß roch. Sie schätzte ihn sogar so ein, daß ihn das erst recht scharf werden ließ. Er wäre auch nicht der erste Mann in ihrem Leben, der besonders große Lust auf sie hatte, wenn sie richtig schön durchgeschwitzt war.

Er öffnete ahnungslos die Tür, sich allenfalls darüber wundernd, daß sie geschlossen war. Als er sie mitten im Raum stehen sah, blieb ihm beinahe vor Staunen der Mund offen. Unter ihrem strengen Blick fühlte er sich auf eine besondere Weise unangenehm wohlig berührt. Bevor er die Situation, die sich ihm bot, halbwegs verarbeiten konnte, ergriff sie das Wort.

»Meinald, das kann mit Ihnen so nicht weitergehen. Sie leisten sich in der letzten Zeit eine eklatante Rücksichtslosigkeit mir und meinen Bedürfnissen als Frau gegenüber, die für mich jenseits des Akzeptablen liegt.«

Er blickte sie sprachlos an. Er hatte auf einmal das Gefühl, ein renitenter Schüler zu sein, der zu seiner strengen und gefürchteten Direktorin einbestellt worden war. Sein Herz schlug schneller. Ihm fielen alle seine Sünden sein, besonders diejenigen, die er nie begangen hatte.

»Kommen Sie her!« befahl sie ihm ruhig, dafür mit umsomehr Nachdruck.

Ihm dämmerte langsam, daß er ihr gegenüber während der letzten Wochen die wahrscheinlich schlimmste Sünde begangen hatte, die es gab – die Unterlassungssünde.

Er blieb etwa einen Schritt vor ihr stehen, die Arme herabhängend wie ein armer Sünder und versuchte ihrem Blick auszuweichen, weil er ihm nicht standhalten konnte. Sie legte ihm die Spitze der Gerte unters Kinn, so daß er den Blick wieder heben mußte.

»Sehen Sie mich an, wenn ich mit Ihnen rede, und nicht auf meine Stiefelspitzen, auch wenn Sie sie mir gerne lecken und es Sie sexuell stark erregt, wenn ich welche trage.« Sie erhöhte den Druck auf sein Kinn, die Gerte bog sich jedoch nur leicht dabei durch, so hochwertig war sie gefertigt. »Es gibt kaum einen schlimmeren Affront einer Frau gegenüber, als sich an ihr nicht sexuell zu bedienen, wenn sie einen Mann durch ihr Verhalten ausdrücklich dazu auffordert. Und jetzt kommen Sie nicht mit dem halbgaren Einwurf, ich hätte diesbezüglich nichts Eindeutiges geäußert, nur ein Ignorant übersieht das offensichtliche«, schnitt sie ihm barsch das Wort ab, obwohl er gar nichts darauf erwidern wollte, er hätte auch gar nicht gewußt, was er sagen sollte. »Es sei denn, Sie finden mich physisch abstoßen.« Ein sardonisches Lächeln umspielte dabei ihren Mund.

»Ich ...«, setzte er zu einem Widerspruch an, denn diese Unterstellung wollte er nicht auf sich sitzen lassen, tatsächlich gab es keine Frau, von der er sich derzeit physisch mehr angezogen fühlte.

»Schweigen Sie!« schnitt sie ihm das Wort mit einer herrischen Geste an. »Sie brauchen mir nicht zu erklären, daß Sie absolut geil auf mich sind. Die Ausbeulung in Ihren Hosen und die Hingabe, mit der sie sich meinen Füßen widmen, beweist es mir täglich.«

Sie löste die Spitze der Gerte von seinem Kinn und fuhr mit ihr über die Wölbung in seinem Schritt, wodurch diese erst recht anschwoll.

Er hatte es etwas zu weit getrieben mit seiner Vorsicht, das wurde ihm nun bewußt, aber es wäre so schön gewesen, hätte sie den entscheidenden Schritt getan, was sie nun zwar tat, aber in seiner romantischen Vorstellung war er doch etwas anders verlaufen. Nun gut, auch das war reizvoll genug, allerdings fürchtete er eine körperliche Strafe ehrlich, denn Schmerzen waren ihm unangenehm. Er war devot, nicht masochistisch veranlagt. Er wollte einer Frau dienend zu Füßen liegen und ließ sich nur ungern von ihr schlagen. Und sie wirkte, als wäre sie nicht zimperlich.

Er senkte daher erneut den Blick. Mit dem Druck der Gertenspitze unter seinem Kinn nötigte sie ihn erneut dazu, sie anzusehen.

In gewisser Weise rührte sie seine Armesünderhaltung und sein Armesünderblick, aber da er ihr bisher jeden weitergehenden Spaß verwehrt hatte, würde sie nun ihren besonderen mit ihm haben. Im Augenblick war sie ohnehin nicht mehr so überzeugt, ob es nicht doch in ihrem Sinn war, wie er sich ihr gegenüber verhalten hatte. Es hätte sie sicherlich um den bevorstehenden Spaß gebracht.

»Gerade ein kultivierter Mann wie Sie hat seiner Dame die Wünsche von den Augen abzulesen und vor allem zwischen den Zeilen ihrer Aussagen zu lesen. Es dürfte in der Regel nicht viel dazugehören zu erkennen, daß Sie mir nicht nur die Stiefel von der, alles andere als ungeschickterweise darauf gelandeten Sahne ablecken sollten, sondern Sie hätten in Anbetracht meiner doch relativ deutlich gespreizten Beine, dem hochgerutschten Lederrock und daß ich kein Höschen getragen habe, erkennen müssen, daß ich auch noch an ganz anderer Stelle von Ihnen geleckt werden wollte. Oder hätte ich mir erst Sahne auf die Fotze schmieren sollen, damit Sie es verstehen? Was nicht bedeutet, daß ich mir nicht gerne Sahne auf die Fotze schmiere, damit ein Mann sie ableckt.«

Die Art und Weise wie sie ›Fotze‹ aussprach, wirkte auf ihn wie ein Peitschenhieb, aber es war zugleich auch äußerst genießerisch und ließ keinen Zweifel daran, daß sie es als Bezeichnung für ihr Geschlecht bevorzugte, weil es lautmalerischer als die meisten Synonyme fürs weibliche Geschlecht war. Vermeintlich vulgäre Worte wirken aus dem Mund einer Frau, für die eine gepflegte Sprache selbstverständlich scheint, doppelt so auffällig. Zugleich sprach daraus große sexuelle Lust, die ein elektrisierendes Kribbeln durch seinen Körper laufen ließ und sich in seiner Körpermitte sammelte.

Sie trat einen Schritt zurück. Sie hatte sich lange genug mit Präliminarien aufgehalten.

»Ausziehen!« Sie brachte es ruhig und zugleich mit deutlichem Nachdruck vor.

Ihm war bewußt, daß sie zum Äußersten bereit wäre, käme er ihrer Aufforderung nicht sogleich nach. Er war sich ihrer physischen Kraft nur zu bewußt. Auf der anderen Seite wünschte er sich aber auch nichts sehnlicher, als gerade diese Kraft am eigenen Leib zu spüren. Zum einen fürchtete er ihre Schläge, zum anderen ersehnte er sie fast, denn sie würden für ihn eine echte Strafe und kein Genuß sein, was er im Augenblick als höchstes Glück empfand. Hoffentlich war sie hübsch grausam zu ihm! Mit vor Aufregung fahrigen Bewegungen entkleidete er sich, zog auch die Socken aus. Es wäre ihm nie eingefallen, einer Frau nackt, aber noch mit Socken bekleidet unter die Augen zu treten. Er legte die ausgezogenen Sachen einfach auf den Sessel, der am nächsten stand.

Sie beobachtete ihn beim Ausziehen mit einem leisen Lächeln um die Augenwinkel. Es war immer wieder schön, einen folgsamen Mann vor sich zu haben. Als er nackt vor ihr stand, umspielte ein bewunderndes Lächeln ihre Mundwinkel. Er sah nackt sogar ganz gut aus, wenn er angezogen auch leicht hager wirkte, ebenso hatte die leichte Wölbung in seinen Hosen gehalten, was sie versprach. Einen so schönen großen und dicken Schwanz hatte sie schon länger nicht mehr gesehen. Sie gehörte zu den Frauen, die ungeniert zugaben, daß sie einen solchen bevorzugten. Auch seine Hoden waren schön prall.

»Wenigstens verfügen Sie über ein Gehänge wie ein preisgekrönter Zuchthengst. Das harmoniert bestens mit meinem Zuchtstutenarsch. Drehen Sie sich mal um. Ich will den *Ihren* sehen.«

Er folgte brav. Ihr Kompliment über seinen Schwanz war ihm hinuntergegangen wie Öl, er wußte sehr gut um die Wirkung, die er diesbezüglich auf Frauen besaß, hörte es aber in seiner Eitelkeit immer wieder gerne.

»Der ist auch nicht übel«, sagte sie ehrlich anerkennend. »Der kann sicher etwas vertragen. Beugen Sie sich vor und stützen sich mit den Armen auf der Rückenlehne des Sessels neben Ihnen auf, die Beine leicht gespreizt.«

Er leistete Folge, ohne zu zögern und wußte, was ihn erwartete. Er wirkte sichtlich angespannt, was bei ihr eine sadistische Freude auslöste. Also war er kaum masochistisch veranlagt, was zugleich einen leichten Zwiespalt in ihr auslöste. Einen Mann zu schlagen, der es nicht sonderlich genoß, bereitete ihr nur bedingt Vergnügen, in seinem Fall war es allerdings anders, das hatte er durch seine Ignoranz selbst zu verantworten. Sie wollte herausfinden, wieviel er bereit wäre, von ihr zu ertragen, schließlich würde es auch ein Liebesbeweis sein. In *ihrer* romantischen Vorstellung liebte ein Mann sie umso inniger, je ›grausamer‹ sie zu ihm war und er sich ihren ›Launen‹ ohne zu murren unterwarf. Sie dachte aber keinen Moment daran, ihn ernstlich zu verletzten, lediglich ein ›bißchen‹, von dem er aber länger etwas hätte.

Sie legte die Gerte ab und zog den Ledermantel aus, um mehr Bewegungsfreiheit zu haben, aber auch um nicht allzusehr zu schwitzen.

Er beobachtete sie aus den Augenwinkeln heraus. Zum ersten Mal fiel ihm bewußt auf, wie muskulös ihre Arme eigentlich waren. Ihn beruhigte nur, daß sie sicherlich wußte, wo sie ihn weitgehend gefahrlos schlagen konnte und ihn nicht ernstlich verletzte. Er hoffte inständig, daß sie ihm den Hintern nicht blutig schlug, was er ihr durchaus zutraute, an ihrem Sadismus bestand für ihn kein Zweifel, wodurch er sich noch mehr zu ihr hingezogen fühlte und ihr zuliebe auch *das* nur zu gerne ertrug. Ihm gefiel auf geradezu morbide Weise die Vorstellung, daß sein Leben bedingungslos in die Hände einer so schönen Frau wie ihr zu legen, der er im tiefen Inneren durchaus bedingungslos vertraute.

Sie entschied sich nach kurzem Überlegen gegen die Gerte und holte aus dem schwarzen Kasten eine Riemenpeitsche.

»Wir wollen zum Aufwärmen sachte beginnen«, sagte sie so freundlich wie ein Kerkermeister und zeigte ihm kurz die Peitsche.

Er nickte und fühlte sich etwas erleichtert. Allerdings ist ›sachte‹ ebenso wie vieles andere ein klassisch relativer Begriff, wie er sogleich schmerzlich erfuhr. Kaum war sie hinter ihn getreten, da sausten die Riemen, die entgegen dem ersten Anschein aus hartem Leder waren, unerbittlich auf seine rechte Hinterbacke nieder. Es war nicht so, daß er diesbezüglich unerfahren war, aber bisher hatte noch keine Frau derart kraftvoll und vor allem mit harten Lederriemen beim ersten Mal zugeschlagen und doch war ihm bewußt, daß es aus ihrer Sicht ein Schlag von mittlerer Stärke und nur ein Aufwärmen war. Er bekam kaum Gelegenheit den Schmerz, den ihm der Schlag verursacht hatte, zu verarbeiten, da sausten die Riemen unerbittlich auf seine andere Hinterbacke nieder. Zum ersten Mal jaulte er leicht vor Schmerz auf. Sie schien sadistischer als er sie eingeschätzt hätte, was ihm unwillkürlich ein besonders lustvolles Gefühl durch den Körper laufen ließ. Eine rücksichtsvolle und sanfte Frau wäre das allerletzte, was er für sich wollte.

Ein erneutes lautes Klatschen. Er spürte den nächsten Schlag, diesmal wieder auf die rechte. Es bereitete ihr richtig Freude, sich für seine ›Ignoranz‹ an ihm schadlos zu halten, das bemerkte er an ihren Schlägen.

»Sie werden doch von dem bißchen nicht anfangen zu flennen. Das war doch kaum mehr als ein leichter Klaps auf den Allerwertesten. Ihr Männer seid doch ohne Ausnahme echte Weicheier! Wie habt ihr es eigentlich über die Jahrhunderte geschafft, uns Frauen derart zu unterdrücken?« Ihre Verachtung war echt oder zumindest ausgezeichnet gespielt.

Er verkniff sich vorerst weitere allzu laute Äußerungen des Schmerzes und biß lieber die Zähne zusammen. Noch waren es ja einigermaßen erträgliche, wenngleich jeder spürbar nachbrannte und keinerlei Lustgefühl in ihm auslöste. Er mußte dem Reflex widerstehen, sich ihnen zu entziehen und ihr zu sagen, daß es nun genug sei. Aber sie bedeutete ihm längst soviel, daß es ihm undenkbar schien, sie zu enttäuschen.

Die Schläge klatschten in kürzeren Abständen abwechselnd auf jede Hinterbacke. Er spürte Wärme in seinem Hintern aufsteigen und der Schmerz wurde langsam etwas angenehmer. Ob sein Hintern bereits Spuren aufwies? Das Gegenteil hätte ihn gewundert.

Sie hörte auf, als sie der Meinung war, daß die Aufwärmphase vorbei sei. Sein Hintern war schön gleichmäßig gerötet.

»Fühlt er sich schon warm an, der kleine Knackarsch«, fragte sie, während sie ihm ungeniert mit der lederbehandschuhten Rechten an den Hintern griff, dabei den Mund so dicht an sein Ohr brachte, daß er ihren warmen Atem wahrnahm, wodurch eine wohlige Welle nach der anderen durch seinen Körper jagte.

Er konnte nicht sagen, ob es ihr Gesicht so dicht an seinem war, ihre lederbehandschuhte Hand auf seinem Hintern, die Folge der Schläge, jedenfalls spürte er, wie sein Schwanz zur vollen Größe anschwoll, was ihr nicht entging. Schon spürte er ihre Rechte nicht mehr am Hintern, sondern dort.

»Hat doch der kleine, geile Bock vom Hauen einen Steifen bekommen.« Es klang verächtlich und amüsiert zugleich, was ihm erneut ein lustvolles Kribbeln bescherte.

Würde sie ihn nur etwas fester massieren, würde er sich

sogleich über ihre behandschuhte Hand ergießen, soviel stand für ihn fest. Die Vorstellung, wie sein cremiges Sperma über das rote Leder lief, erregte ihn zusätzlich. Obschon oft Sperma über diese wundervollen langen Handschuhe geflossen war? Und ob sie sie auch beim Onanieren trug? Er traute ihr es zu. Wie gerne würde er ihr beim Onanieren zusehen. Sie war eine Frau, die sicherlich gerne und oft onanierte. Das hatte Marietta auch gemacht und sie hatte dabei auch gerne schöne lange Lederhandschuhe getragen. Doch selbst zu ihr hatte er sich nie so stark hingezogen gefühlt wie zu dieser schönen, ›grausamen‹ Frau, der er ›hilflos‹ ausgeliefert war. Dabei vergaß er, daß Marietta, als sie sich kennenlernten, einundzwanzig war und Bernharda Bechthold-Werner eine gut zwanzig Jahre ältere, erfahrene Frau. Wahrscheinlich stand die heutige Marietta ihr auch in nichts nach.

Doch sie tat nichts dergleichen und ließ seinen Schwanz wieder los, obwohl es sie gereizt hätte, das zu tun, was er sich wünschte, denn es gefiel ihr, wenn Sperma über ihre Lederhandschuhe lief. Aber noch war es nicht an der Zeit, nicht bevor der gute alte Rohrstock zum Einsatz gekommen war. Abgesehen davon, hätte er es schon längst haben können, hätte er sich nicht derart ignorant ihr gegenüber verhalten, schließlich verließ sie nie ohne Lederhandschuhe das Haus.

Sie legte die Riemenpeitsche fast zärtlich in die Schatulle zurück, sie hatte bereits viel Spaß mit ihr gehabt, und holte einen mit schwarzem Leder bezogenen Rohrstock heraus. Der hinterließ erfahrungsgemäß nicht ganz so heftige Spuren wie ein nackter.

Nicht den Rohrstock durchfuhr es ihn! Den haßte er. Damit verband er eine äußerst unangenehme Erfahrung mit einer anderen dominanten Frau, die sich nicht darum geschert hatte, daß er nicht wirklich Masochist war. Er hatte sich daher schnell von ihr getrennt. Paddel, Riemenpeitsche, vielleicht noch Tawnse waren in Ordnung, aber Rohrstock und Co. verursachten einen ekelhaften durchziehenden Schmerz und ganz sicher würde am Ende auch noch die Haut aufplatzen, woran sie sicherlich ihre Freude hätte. Die Angst vor diesem Schmerz ließ das Adrenalin stärker durch seinen Körper strömen und steigerte sein Lustempfinden. Verdammt, für *sie* hielt er dagegen sogar noch gerne diese Schmerzen aus!

Dennoch gelang ihm nicht, sich mit Schmerzäußerungen zurückzuhalten, dafür schmerzte es einfach zu ekelhaft. Er dachte aber immer noch nicht daran, ihr den Hintern zu entziehen.

»Bleiben Sie wohl ruhig? Wenn Sie schon bei jedem Schlag jammern müssen, können Sie Ihren Knackarsch wenigstens ruhig halten. Meinen Sie, daß es für Sie leichter wird, wenn Sie jammern? Ihr Ständer sagt doch eindeutig aus, daß es nur zu geil für Sie ist und Sie gar nichts anderes wollen, als von mir bis aufs Blut gezüchtigt zu werden.«

Er erkannte schnell, daß sie, je mehr er nach jedem Schlag den Hintern einzog, sie beim nächsten Mal nur umso heftiger zuschlug und die Züchtigung bis aufs Blut nicht unbedingt im übertragenen Sinn zu sehen war, denn mitunter liebte sie es, floß dabei Blut, allerdings mußte es der Betreffende auch wirklich wollen. Trotz aller Anstrengung gelang es ihm aber nicht, unmittelbar nach den Schlägen ruhig stehenzubleiben, dafür war der Schmerz zu durchdringend, der ihm wie ein kurzer elektrischer Schlag durch alle Glieder bis in die Haarspitzen fuhr. Trotz ihrer Stärke empfand er die Schläge gar nicht mehr als so schmerzhaft, die Endorphine waren so fleißig am Werk wie vielleicht noch nie bei einer Session, an der er teilnahm.

Er hatte das Gefühl, daß sich sein Hintern an verschiedenen Stellen leicht feucht anfühlten. Es konnte natürlich auch Schweiß sein. Und doch dachte er nicht einen Moment daran, um ›Gnade‹ zu bitten. Er mußte ihr unbedingt beweisen, daß er ihrer würdig war. Verdammt, er wollte ALLES für diese schöne Frau tun!

Sie erkannte sehr gut, daß er alles um ihretwillen ertrug, was die Zuneigung, die sie für ihn empfand nur verstärkte. Aber auch hier wollte sie ihn dazu bringen, die Züchtigung abzubrechen. Er sollte durchaus Eigeninitiative entwickeln.

»Verdammt noch einmal, halten Sie endlich mal Ihren verdammten Arsch ruhig! Wenn Ihre Nieren getroffen werden, sind Sie es selbst schuld und das sind keine schönen geilen Schmerzen mehr!«

Den nächsten Schlag spürte er nicht mehr auf seinen Hintern, sondern zwischen seinen Schultern. Das besaß nun eine andere Qualität. Sie war die erste Frau, die ihn dort schlug und sie schlug sehr gezielt. Ihm war nun noch mehr klar, daß diese Frau *jede* Stelle des Körpers kannte, die weitgehend unkritisch war, und sie auch ›bearbeiten‹ würde.

Er spannte den Körper in Erwartung eines zweiten Schlages mit dem Rohrstock auf seinem Rücken an, doch da hörte er sie bereits wieder an der Schatulle hantieren. Sie trat mit einer schönen Riemenpeitsche, diesmal aus weichem Leder, mit einem polierten Griff aus Edelstahl, der wie ein Penis geformt war, wieder zu ihm. Mit dieser bearbeitete sie nun seinen Rücken ausgiebig, wenn auch weniger heftig als zuvor seinen Hintern. Das war längst nicht mehr so schmerzhaft, sondern fast schon eine angenehme Massage, aber er war überzeugt, daß er durch die bereits reichlich freigesetzten Endorphine und dem Adrenalin die Schmerzen ohnehin weniger intensiv empfand. Er fühlte sich längst leicht beschwingt, wie bei einem schwachen Rausch.

Bis zu diesem Tag war er überzeugt gewesen, kaum masochistisch zu sein und es an sich schon gar nicht wirklich vorbehaltlos genießen zu können, doch was sie mit ihm anstellte, aus ihm herauslockte, war unbeschreiblich. Die Schmerzen, die die Schläge in ihm verursachten, hatten längst die Grenze überschritten, von der er bisher geglaubt hatte, es jemals ertragen zu können, und doch wollte er noch mehr davon bekommen. Ihm zitterten bereits die Knie und doch konnte er sich immer noch problemlos aufrecht halten, knickte nur leicht nach verschiedenen Schlägen ein.

Sie war angenehm überrascht, wieviel er doch auszuhalten schien und wie er es genoß. Sie beobachtete aufmerksam sein Mienenspiel. Seine Lust steigerte auch ihre und spornte sie zugleich an. Sie war noch mehr als er ins Schwitzen geraten. Doch die Nässe zwischen ihren Beinen kam nicht vom Schweiß.

Sie spürte, daß sie langsam Gefahr lief, über seine wahrscheinlichen Grenzen weit hinaus zugehen und selbst in einen Rausch der Macht zu verfallen. Sein Hintern war bereits mit tiefroten, aber noch nicht aufgeplatzten Striemen übersät und die Haut auf seinem Rücken leuchtete in einem wunderschönen Rot. Das würde einige Tage dauern, bis die Spuren verschwunden waren, bis dahin würde seine gesamte Rückenansicht in allen Farben des Regenbogens schillern, wobei die verbliebenen hellen Stellen anschaulich machten, wo zu schlagen tunlichst vermieden werden sollte. Hoffentlich war Bauchschläfer.

Bevor sie jedoch diesem Machtrausch anheimfiel und ihn langsam aber stetig über seine Grenzen hinaustrieb, ihm schien es bereits jetzt unmöglich, dem ganzen selbst ein Ende zu setzen, das kannte sie bisher nur von wirklich ausgeprägten Masochisten, hörte sie schlagartig auf und legte die Peitsche auf seine Kleider im Sessel. Schweißperlen standen ihr auf der Stirn. Ihr Atem ging schwerer und es lag nicht allein an der Anstrengung des Schlagens.

»Umdrehen und auf die Knie!«

Er gehorchte augenblicklich, froh, nicht mehr auf seinen nun doch recht wackeligen Beinen stehen zu müssen. Er kniete sich nicht, sondern sackte vor ihr förmlich in sich zusammen. Sie stellte sich vor ihn, schob den kurzen Rock leicht hoch, viel mußte sie ja nicht, und drückte sich sein Gesicht mit beiden Händen fest in den Schoß.

Er spürte ihre Nässe im Gesicht, konnte kaum gleichmäßig atmen, derart erregt war er. Er spürte, wie ihre Hände an seinem Kopf vor Anstrengung und vor Lust zitterten. Sie duftete wunderbar nach verschwitzter brünstiger Frau. Es war herrlich, sich ihr derart nah zu fühlen. Ihm war klar, daß das nur eine Erholungsphase für sie war, wenn sie ihn vermutlich heute auch nicht mehr schlug.

Sein Gesicht an ihrer Möse ließ diese nur noch nasser werden.

»Lecke mir die Nässe ab, aber mich nicht zum Orgasmus«, mahnte sie ihn, denn sie wollte ihren ersten Orgasmus durch seinen Schwanz nicht durch seinen Mund haben.

Er folgte brav, versuchte nicht ihre Klitoris zu berühren. Sie schmeckte gut, leicht herb, wie er fand, was sehr gut zu einer Frau mit einer Vorliebe für Leder paßte.

»Das hätten Sie schon viel früher haben können, Meinald. Meine Fotze sehnt sich schon lange nach Ihrem großen dicken Schwanz. Und wie ich sehe, verstehen Sie auch, eine Frau zu lecken. Ich habe es Ihnen wahrlich leicht gemacht. Aber Sie wollten es einfach nicht bemerken. Diese Tortur hätten Sie sich also ersparen können.« Dabei war sie froh, daß er ihr dazu die Gelegenheit gegeben hatte.

Und er hätte um nichts in der Welt darauf verzichtet, auch wenn er anfangs noch ganz anderer Meinung war. Es brannte, es zog, es fühlte sich wie leichte elektrische Schläge an, aber es war so wundervoll gewesen. Ach, wie er diese Frau begehrte! Würde sie ihm das Gesicht nicht so auf ihr wundervolles Geschlecht drücken, er würde ihr das alles sagen. Aber vielleicht war es auch gut so, denn sie hätte es sicherlich als übertrieben pathetisch empfunden und vor allem unnötig, denn durch sein Verhalten hatte er bereits all das und noch mehr mit seinem Körper gesagt.

Sie ließ plötzlich seinen Kopf los und drückte ihn beinahe von sich weg.

»Stehen Sie auf!« Ihr Atem ging stoßweise, obwohl er nur ihre Nässe von den Schamlippen geleckt hatte, war sie fast so stark erregt, als hätte er ihre Klitoris unmittelbar berührt.

Er stand mit leicht zitternden Knien auf. Was würde sie nun von ihm verlangen, fragte er sich, während er sie sehnsüchtig ansah.

Sie drapierte sich mit einladend gespreizten Beinen auf der Chaiselongue und präsentierte ihm ihr feucht schimmerndes Geschlecht mit den leicht herausstehenden inneren Schamlippen. Sie lächelte ihn lüstern an und gab ihm Gelegenheit, ihren Anblick zu genießen, bevor sie halblaut und eindringlich sagte: »Und nun *fick* mich und spritze dein Sperma reichlich und so tief wie möglich in mich hinein.«

Er nickte eifrig.

Beide waren derart geil aufeinander, daß niemand daran dachte, ein Kondom zu benutzen. Später trösteten sie sich damit, daß sie im Grunde monogam waren und sie ansonsten prinzipiell Kondome benutzten, wenn sie einen Partner noch nicht lange genug kannten. Abgesehen vom gesundheitlichen Aspekt benutzten beide gerne Kondome, weil es einen besonderen sexuellen Reiz für sie bedeutete und sich mit den gefüllten einige schöne Spiele durchführen ließen. Aber ihr Wunsch, sein Sperma in sich zu haben, war in jenem Moment einfach zu groß.

Kaum spürte sie seinen großen dicken Schwanz langsam in sich eindringen, stöhnte sie lustvoll und zufrieden auf und legte Arme und Beine um ihn, damit er schön tief in sie eindrang. Er kam bereits nach wenigen Stößen unter lautem Stöhnen und einem leichten Grunzen in ihr, was ihr ein Glücksgefühl bereitete, wenngleich sie noch um einiges von einem Orgasmus entfernt war und es ihr erneut überdeutlich sein Begehren nach ihr zeigte.

Ihm war es peinlich, so schnell gekommen zu sein, das spürte sie. Ihre Umarmung wurde daher zärtlicher.

»Das war sehr schön, mache einfach weiter, mein Kleiner, du kannst problemlos noch einmal in mir abspritzen, so wie ich dich einschätze.«

Er nickte und bald hatte auch sie einen Orgasmus. Er hielt kurz inne, unsicher, ob er weitermachen sollte, aber sie ermunterte ihn dazu. Sie hatte noch lange nicht genug. Nun konnten beide es viel besser genießen. Er sah ihr ins Gesicht. Sie lächelte ihn liebevoll an. Er küßte sie. Sie schob ihm die Zunge tief in den Mund. Ihr Lippenstift war leicht verschmiert. Sie kam schließlich etwas vor ihm.

»Los, mache es dir schön. Kümmere dich nicht um mich«, forderte sie ihn auf. Sie wollte unbedingt, daß er auch noch einen Orgasmus hatte, der auch nicht lange auf sich warten ließ.

Danach lag er schwer atmend auf ihr. Sie hielt ihn weiterhin umschlungen. Sie wollte ihn noch etwas in sich haben und so tief wie möglich, fühlen, wie sein Schwanz langsam erschlaffte, aber einen wie seinen spürte eine Frau noch, wenn er weitgehend erschlafft war.

Sie machten an diesem Tag noch einiges, nur mit ihrer eigentlich Arbeit hatte es nicht das geringste zu tun.

Daß diese Stelle sich derart entwickelte, hätte er in seinen kühnsten Träumen nicht zu hoffen gewagt, auch nicht, als er Bernharda Bechthold-Werner zum ersten Mal gesehen hatte und sie nicht damit, einen derart ausgezeichneten Bibliothekar zu finden, aber die Realität übertrifft ohnehin nur zu leicht jede Fantasie.

Armin A. Alexander
Ein (fast) alltäglicher Fall

In einer Siedlung, die abgebrochen werden soll, um Neubauten Platz zu machen, wird die Leiche einer Frau gefunden, die nackt auf einem alten Bettgestell gefesselt liegt. Alles deutet darauf hin, daß eine BDSM-Session gehörig daneben gegangen ist. Doch wer war bei der Frau gewesen? Wer hat sie gefesselt und mit einem Seidenschal gewürgt? Kommissarin Eva Gerbroth begibt sich im Rahmen ihrer Ermittlungen auch in die örtliche BDSM-Szene. Auf einer Party lernt sie den Szene-Photographen und passionierten Dom Jean kennen, von dem sie sofort fasziniert ist. Durch ihn erfährt sie mehr über sich selbst als über ihren Fall, der bald eine überraschende Wende nimmt, als Eva entdeckt, daß Jean die Tote gekannt hat, obwohl er es ihr gegenüber leugnet.

»Ein (fast) alltäglicher Fall« ist spannender Krimi und erotische Liebesgeschichte in einem. Die SM-Szenen sind liebevoll und detailliert beschrieben, herrlich zum Mitträumen. Armin A. Alexander ist ein hervorragender Erzähler, der zu fesseln vermag.

Zilli in den »Schlagzeilen« Nr. 113

ISBN: 978-3-7448-5218-0
Paperback, 320 S., € 13,99
E-Book, epub, no-drm, € 9,99